Coverillustration:
Ryu Sugahara

Cocktail Kiss Label

お稲荷さまはナイショの恋人

伊郷ルウ
Ruh Igoh

この物語はフィクションであり、実在の人物・団体・事件等とは、いっさい関係ありません。

Contents

イラスト・すがはら竜

お稲荷さまはナイショの恋人

第一章

　愛用の自転車に跨《また》がり、爽やかな春風を切って走る狐塚恭成《こづかきょうせい》は、閑静な住宅街にある〈那波《なな》稲荷神社《いなりじんじゃ》〉を目指していた。

　半月ほど前に高校の卒業式を終えたばかりで、大学が始まるまでは自由に過ごすことができるため、趣味の稲荷神社巡りに日々、精を出している。

　Tシャツに長袖のシャツを重ね、デニムパンツにスニーカーというういたってカジュアルな格好だ。

　小顔で瞳が大きく、ショートの髪は茶色がかっていて、ふんわりとしている。

　華奢《きゃしゃ》な身体つきのせいか、背負っているデイパックがひときわ大きく感じられた。

「あっ……」

　赤い奉納のぼり旗を目にした恭成は、ペダルを漕ぐ足を止めてひと息つく。

「はぁ……あれが〈那波稲荷神社〉……」

自宅から小一時間かかっただろうか。
必死に自転車を漕いできたから、額にはうっすらと汗が滲《にじ》んでいる。
それでも、念願の〈那波稲荷神社〉を目の前にすれば、疲れなど吹き飛んでしまう。
「駐車場あるかなぁ……」
自転車を降り、あたりを見回す。
神社の中に自転車を乗り入れるのは憚《はばか》られる。
かといって、初めて訪れた住宅街なのだから、そのへんに駐輪はできない。
駐車場があれば、空いているスペースに停めておくことができる。
「あっ……」
神社の駐車場の場所を示す看板を見つけ、改めて自転車に跨がった。
駐車場はさほど広くなかったが、平日の昼間とあってか一台も停まっていない。
恭成は塀際に自転車を停め、鍵をかけて駐車場を出る。
「どんな神社なんだろう……」
初めて訪ねた神社をお参りするときは、いつもわくわくした。
逸《はや》る気持ちを抑えつつ、遙《はる》か上に見える鳥居を目指して石造りの階段を上がっていく。
かなり段数があり、なかなか社殿が見えてこない。

「思った以上に大きな神社みたい……」

恭成が神社巡りをするようになったのは、高校受験の際に友人と合格祈願に訪れた稲荷神社で、境内にある狐の石像に強く惹かれたことがきっかけだった。

もともと信心深い祖父に連れられ、幼いころから散歩がてら氏神さまにお参りにいっていたこともあり、稲荷神社には親近感があった。

とはいえ、狐の石像に魅せられたのは初めてのことで、友人から「一目惚れでもしたのか」とからかわれるほどだった。

そんなことを言われたら、普通なら反論しそうなものだが、そのときの恭成はただただ石像の狐が可愛く思え、なにも言わずに友人を呆れさせた。

自分でも不思議だったけれど、稲荷神を祀《まつ》る塚が村にあったことから「狐塚」という名字ができたと祖父から聞かされていたこともあり、漠然とながら縁のようなものを感じたようだった。

それからというもの、稲荷神社にある狐の石像に興味が湧き、自転車で行ける範囲の稲荷神社をインターネットで調べては、休みの日に訪ねるようになっていた。

それぞれに異なる顔を持つ石像の狐を見るのが楽しいだけでなく、神社の歴史を調べるのも知るのも面白く、いつしか自他共に認める稲荷神社オタクになっていたのだ。

「はーぁ……」

石段を上がりきった恭成は肩で大きく息をつき、一礼して鳥居を潜《くぐ》り、そして目の前に広がる境内を眺める。

いつになく昂揚《こうよう》していた。

早く〈那波稲荷神社〉にある狐の石像を見たくてたまらない。

そして、御朱印《ごしゅいん》を手に入れたい。

「先にお参りしないと……」

恭成は手水舎《ちょうずや》に足を向ける。

鳥居を潜ったら、まずは手を清めてお参りをすませ、それから拝殿や本殿、狐の石像を眺めて写真を撮り、最後に社務所で御朱印を頂く。

それぞれの稲荷神社ごとに写真と御朱印をファイルにまとめている恭成は、いつもそうしてお参りしていた。

ポケットに入れてきたハンカチで手を拭き、デイパックの中から財布を取り出し、賽銭《さいせん》を握りしめて本殿に向かう。

賽銭箱の後ろにある扉は閉ざされていて、本殿の中の様子を窺《うかが》うことはできなかった。

神社によっては扉が開け放たれていることもあるから、少し残念な気持ちだ。

それでも、いつもどおり丁寧に拝礼をし、少し離れたところから本殿を眺める。

「綺麗だな……」

大きく屋根を広げた本殿は、歴史を感じさせつつも優美さが際立っていた。

境内に敷き詰められた白い玉砂利や、高くそびえる幾本もの銀杏《いちょう》と相まって、神秘的にすら感じられる。

「さーてと……」

恭成は期待に満ち満ちた顔で、狐の石像を見上げた。

本殿に向かうまでにその存在にはもちろん気づいていたが、楽しみをとっておきたい思いからあえて見ないようにしていたのだ。

「うわぁ……」

端正な狐の顔を見た瞬間、大きな声が出てしまい、慌てて口元を手で押さえる。

参拝客は他に誰もいないとわかっているのに、照れくささから思わずあたりを見回した。

幾つもの稲荷神社を巡り、暇さえあればインターネットで検索し、数え切れないほどの狐の石像を見てきたけれど、こんなにも感動したのは初めてだ。

「なんだろう……すごい……」

石で造られた狐なのに、惹きつけられてやまない。

胸がざわざわしている。

探し求めていたものに出会えたような、そんな感じだった。

「やけに熱心に眺めているが、その狐がどうかしたのか？」

背後からいきなり声をかけられ、狐の石像に見惚《みと》れていた恭成は思わず息を呑む。

「あっ……あの……」

気を取り直して振り返ると、仰ぎ見るほど長身の男性が訝《いぶか》しげな顔で恭成を見ていた。

「あれになにか問題でもあるのか？」

男性が理解しがたそうに、狐の石像に目を向ける。

(すっごいイケメン……こんな格好いい人、見たことない……)

恭成は男性に目が釘付けになった。

三十代半ばといったところだろうか、背が高くて驚くほど端正な顔立ちをした彼は、手脚はすらりと伸びていて、腰までありそうな長い茶色の髪を後ろでひとつに束ねている。

シンプルな白い長袖のシャツに、黒い細身のパンツを合わせているだけで、派手派手しさの欠片もないのに、眩《まぶ》しいくらいに輝いて見えた。

けれど、近寄りがたい雰囲気を放っていながらも、彼になぜか親近感を覚えた恭成は自然と顔を綻《ほころ》ばせる。

「この狐、すごくいい顔をしているなって……」

素直な感想を口にすると、男性がなぜと言いたげに片眉をクッと引き上げた。

「狐の石像なんてどれも似たようなものだろう？」

「そんなことありませんよ。稲荷神社によってそれぞれ表情や仕草が違います。自転車で一時間かけて来た甲斐がありました」

男性は物言いはかなりぶっきらぼうだったけれど、恭成はあまり気にすることなく笑顔で答えた。

これだけの美男子と出会っていたら絶対に忘れるはずがないのに、どこかで会ったことがあるような感じがしてならない。

恭成はなんとも不可思議な感覚に囚われていた。

「そんな遠くから来たのか。それにしても詳しいんだな？」

「はい、いろいろなところにある稲荷神社を訪ねて回っているんです」

「稲荷神社だけなのか？」

「稲荷神社とお稲荷さまが大好きで、神職に就きたいと思っています」

「親の跡を継ぐのか？」

「いえ、うちの親は普通のサラリーマンです」

またしても片眉を引き上げた男性を、恭成は笑顔のまま真っ直《す》ぐに見上げる。

初対面なのに、自分のことをペラペラ喋《しゃべ》っているのが信じられない。

人見知りではないけれど、ことさら社交的でもないから余計に解せなかった。

「それなのに神職に就きたいって、変わっているな？」

「よく言われます」

「で、ここの狐はそんなにいい顔をしているのか？」

「はい。いままで見てきた中で最高にいい顔をしています」

男性に訊《き》かれて即答した恭成は、視線を狐の石像に移す。

他と比べてなにがどういいのかと訊かれたら、答えに窮してしまうだろう。

いつまでも見ていられるくらい、狐はいい表情をしている。

もう、感覚としか言いようがなかった。

「最高ねぇ……」

同じく視線を狐の石像に移した男性の顔が、どこか得意げに見える。

まるで自分が褒められたかのようだ。

「あっ、そういえば、ここで頂ける御朱印にも格好いい狐が描かれているですよ。ご存じですか？」

「ああ、けっこう人気があるらしくて、週末になると限定の御朱印欲しさに社務所の前に並んでるよ」

ふと思い出した恭成が訊《たず》ねると、男性は思いも寄らない答えを返してきた。

「えっ？　限定の御朱印があるんですか？」

「ああ」

「知らなかった……」

男性にうなずかれ、がっくりと肩を落とす。

〈那波稲荷神社〉の存在を知ったのは、インターネットで稲荷神社の御朱印を検索していたときだった。

ＳＮＳに上がっていた〈那波稲荷神社〉の御朱印を見て、絶対手に入れなければという衝動に駆られた。

さっそく〈那波稲荷神社〉を調べたところ、自転車で行ける距離とわかり、居ても立ってもいられず訪ねてきたのだ。

もう少し詳しく調べていれば、限定の御朱印があることがわかったかもしれない。

前日に訪ねてきてしまったことが、悔やまれてならなかった。

「俺が頼んでやるよ」

「ちょっ……」

唐突に腕を掴《つか》んできた男性に、強引に引っ張って行かれる。

いったいなにごとかと、恭成は驚きの顔で彼を見上げた。

「ここの権禰宜《ごんねぎ》とは仲がいいんだ」

「でも……」

彼は腕を掴んだままスタスタと歩き、神社に迷惑をかけたくない恭成は困り果てたままついていく。

いくら週末限定の御朱印が欲しくても、前日にもらうわけにはいかない。

たとえ、男性が神社の関係者と知り合いであってもだ。

かといって、彼が親切で言ってくれているのは明白だから、腕を振り解くこともできない。

どう断ればいいのだろうかと考えているうちに、社務所の前に着いてしまった。

「晃之介《こうのすけ》、この子が狐の週末限定の御朱印を欲しがっているんだ。一日早いけど書いてやってくれ」

男性が声をかけると、装束を纏《まと》った権禰宜が眉根を寄せて身を乗り出してくる。

彼は怪訝《けげん》な顔つきで、男性と恭成を交互に見やった。

まだ若い権禰宜だ。

彼が御朱印を書いているのだろうか。

ちょっと興味を抱いたけれど、いまはそんなことをしている場合ではない。

「あ……あの……大丈夫です。明日、出直してきますので……」

「遠くからわざわざお参りに来てくれているんだ、少しくらい融通を利かせてくれてもいいだろう？」

恭成の腕から手を離した男性が、社務所の中にいる権禰宜に詰め寄る。

なんという強引さだろう。

権禰宜もさすがに呆れたような顔をしていた。

「本当に大丈夫です。明日また来ますので、今日はこれで……」

このままではまずいと思い、早口で言って頭を下げた恭成は、足早に神社をあとにする。

石段を駆け下り、駐車場に停めておいた自転車の鍵を外してサドルに跨がり、一度だけ神社を振り返ってからペダルを漕ぎ出した。

「なにをしている人なんだろう……」

権禰宜に対して強い態度に出た男性のことが気にかかる。

「あっ……」

あの場から早く逃げ出したい思いが先走り、あたふたと神社をあとにしてしまった。

男性はかなり強引ではあったけれど、よかれと思って権禰宜にかけあってくれたのだ。

親切心を無にしたばかりか、礼のひとつも言わなかったことを後悔する。

「明日……」

週末限定の御朱印をもらうため、明日も〈那波稲荷神社〉を訪ねるつもりでいる恭成は、男性にまた会えることを願いつつ自転車を走らせていた。

＊＊＊＊＊

「なにをふてくされているんですか？」

〈那波稲荷神社〉で権禰宜を務める八幡《やはた》晃之介から声をかけられ、鳥居の向こうを眺めていた光輝《こうき》は渋い顔つきで振り返った。

「おまえがさっさと御朱印を書いてくれないから、帰ってしまったではないか」

初めて出会った名も知らぬ少年に対して、光輝は名残惜しさを感じている。

屈託のない笑みを浮かべて楽しそうに語っていた少年と、もう少し話がしたかったのだ。

「さっきの男の子って、光輝さまのお知り合いではないですよね？」

「たまたまそこで会っただけだ。本人が言うには稲荷神社巡りをしているらしい」

「たまたま会っただけなのに、御朱印を無理に書かせようとするなんて光輝さまらしくありませんね？」

社務所から身を乗り出している晃之介の含みを持たせた言い方に、光輝は機嫌を損ねて眉根を寄せる。

「どこの神社の狐より、光《こう》と輝《き》が格好いいって言ったんだよ」

ぶっきらぼうに言い返し、境内にある狐の石像に目を向けた。

二体の石像には、それぞれ光と輝という名がつけられている。

〈那波稲荷神社〉に祀られている稲荷神の光輝にとって、光と輝は分身のような存在だ。

光輝の本来の姿は狐であるが、強い力によって人間に形を変えることができる。

普段は本殿の神前にある鏡から通じる神殿で過ごしているが、退屈になると人の姿になって境内に現れる。

あるとき、晃之介に正体を知られることとなったけれど、宮司を父に持ち、自ら権禰宜として神に仕えているからか、彼はすんなりと受け入れてくれた。

何百年ものあいだ神殿でひとりで過ごしてきた光輝は、人間と言葉を交わすことの楽しさを覚え、ちょくちょく人の姿で出てくるようになったのだ。

晃之介は稲荷神がふらふら出歩くのは不謹慎だと思っているようだが、それでも顔を合わせれば話し相手になってくれる。

少し言い草が生意気なところもあるが、光輝はそんな晃之介との会話を楽しんでいた。

「あっ、そういうことでしたか」

「なんだよ、その意味ありげな顔は」

「いえいえ、光輝さまが人間に気を遣われるなんて珍しいこともあるんだなと」

「気分がよければ俺だってそれくらいはする」

意外そうな顔をしている晃之介を、冷ややかに見返す。

少年は分身である狐の石像を絶賛してくれたのだから、自分が褒められたのと同じで気分がいい。

それに、純真そうな瞳で真っ直ぐに見上げ、稲荷神社のことを熱心に語られたら、稲荷神としては彼のためになにかしてやりたくなるというものだ。

「でも、狡《ずる》はダメですよ」

「狡だと？」

笑みを浮かべながらもきっぱりとした口調で晃之介に言われ、光輝はどういうことだと首を傾《かし》げる。

「みなさん決まりを守ってわざわざ週末に来てくださるんですから、前日に手に入れるのは狡いでしょう？　それに、あの男の子も狡はよくないってわかっているから、出直すと言って帰ったのだと思いますよ」

「そうか……」

「まあ、光輝さまの気持ちはたぶん伝わっていますから、そう気を落とさずに」

「明日、会えたら詫《わ》びたほうがよさそうだな」

晃之介に慰められ、自分の過ちに気づいた光輝は少年に思いを馳《は》せる。

自分の頼みであれば晃之介は御朱印を書いてくれると確信していたから、少年のために直談判したのだが、かえって迷惑をかけてしまったようだ。

「ふふっ」

「なんだ？」

遠くを見つめて少年のことを考えていた光輝は、小さな笑い声をもらした晃之介に視線を戻す。

「本当に光輝さまらしくありませんね」

「非を認めてなにが悪い、俺は……」

晃之介に憎らしげな言い方をされて、すぐさまやり返そうとしたのだが、背後に人の気配を感じて口を噤《つぐ》む。

完璧な人間の姿であり、誰にばれることもない。

とはいえ、これは稲荷神の仮の姿であり、やはり多くの人間の目にとまるようなことは避けたかった。

「こんにちはー」

「お守り見せてください」

若い女性の二人連れだ。

「ようこそご参拝くださいました」

晃之介が笑顔で参拝者を迎える。

女性たちが社務所の前に置かれたお守りを選び始め、光輝はさりげなくその場を離れる。

「面白い子だったな」

本殿に足を向けつつ、少年との会話を思い出す。

少年が参拝に訪れたとき、光輝はいつものように神殿で寛《くつろ》いでいた。

分身である二体の石像は光輝の目と耳の代わりとなり、外の景色を見せ、人々の声を聞かせてくれる。

少年が参拝に訪れていることは気づいていたが、まさか自分に熱い視線を向けられるとは思わず、なぜだろうかと興味を募らせ人に姿を変えて神殿を出ていた。

少し離れたところから少年を眺めていたが、いつまでも石像から離れる気配がない。

なにをそんなに熱心に見ているのか。

興味は募るいっぽうで、ついには我慢できなくなって声をかけたのだ。

「無邪気な可愛らしい笑顔だった……」

自分の正体も知らずに話をする少年の嬉々とした表情が、とても強く印象に残っている。

「そういえば、晃之介以外の人間と言葉を交わしたのは初めてか……」

少年と一緒にいたのはほんの数分でしかなかったけれど、晃之介のときとはまた異なる楽しさを感じた。

「明日また来ると言っていたが……」

週末限定の御朱印のために、本当にまた〈那波稲荷神社〉を訪ねてくるだろうか。

少年に詫びたいし、もう少し話をしてみたい。

ただ、週末は限定の御朱印を求める参拝者でことのほか賑《にぎ》わう。

普段は参拝者の姿もちらほら見えるだけだが、週末だけは境内に人が溢《あふ》れるのだ。

仮に少年が現れたとしても、たくさんの参拝客がいる場に人間の姿で行くのは憚られる。

初めて出会った少年が気になってしかたない光輝は、晴れ渡った青空を仰ぎ見つつ、どうしたものかと考えあぐねていた。

第二章

恭成は自宅のキッチンでひとり朝ご飯を食べている。

平日の朝はテーブルに家族が揃《そろ》うが、休みの日はみな好き勝手に食べるのだ。

ごく普通のサラリーマン家庭で、母親は平日だけパートに出ている。

二人の兄は大学を出て就職していて、仕事と遊びに忙しいらしく、実家暮らしながらも朝くらいしか顔を合わせなかった。

「また神社巡り？」

キッチンに姿を見せた母親が、椅子の背に掛けてある恭成のデイパックを見て、呆れたような顔をした。

「うん、今日しかもらえない御朱印があるんだ」

トーストを食べ終えた恭成はこともなげに答え、コップに残っている牛乳を飲み干す。

「ねえ、本当に神主になるつもり？」

向かいの椅子に腰掛けた母親が、なんとも言い難い顔で見てくる。

家族の唯一、母親だけが神職に就くことを反対していて、すでに神職の資格が取れる大学に合格しているのに、ことあるごとに愚痴をこぼすのだ。

「神職だって立派な仕事だよ。お父さんだってサラリーマンだけが仕事じゃないから、好きなことをやれって言ってるじゃない」

「だからって、なにも神主を目指さなくても……」

「ちゃんとお給料だってもらえるんだから、他の仕事と変わりないでしょう？」

「そうだけど……」

「じゃ、時間ないから行ってくるね」

「いってらっしゃい」

納得がいかない顔をしている母親をキッチンに残し、椅子からデイパックを取り上げた恭成は急いで玄関に向かう。

稲荷神社の狐の石像に魅せられ、趣味が神社巡りになり、神職という仕事を知り、稲荷神に仕えたいと思うようになった。

端《はた》から見れば、あまりにも短絡的な考えに思えるだろう。

稲荷神社を訪れるたびに感じた深い縁のようなものを言葉にするのは難しく、母親を上手く納得させることができないでいる。

それでも、資格を取って神職に就くのと、普通の大学を出て会社に就職するのとなんら変わりないはずであり、どれだけ反対されても進路を変更するつもりはまったくなかった。

「急がないと……」

スニーカーを履いて玄関を出た恭成は、愛用の自転車に跨がり、一路〈那波稲荷神社〉を目指す。

もう道順がわかっているから、迷うことなくペダルを漕ぐ。

天気はいいが、さほど気温も高くなく、絶好のサイクリング日和だ。

限定の御朱印をもらい損ねないよう、休むことなく必死に自転車を走らせる。

昨日は〈那波稲荷神社〉まで小一時間かかった。

さほど急いでいるわけでもなく、途中で住宅の敷地にある小さな鳥居を見つけて立ち寄ったこともあっての小一時間だ。

同じ道のりであっても、〈那波稲荷神社〉を目指してひたすら自転車を走らせた恭成は、四十分ほどで到着した。

「はぁ、はぁ……」

駐車場の片隅に自転車を停めたときは、さすがに息が切れていたけれど、かまわず〈那波稲荷神社〉の正面に向かう。

石造りの階段を駆け上がり、一礼して鳥居を潜ると、社務所の前にはまだ人影がない。

「よかった……」

早めに出てきたから、まだ参拝者も集まっていないようだ。

これなら限定の御朱印を手に入れられるだろう。

恭成はいそいそと社務所へと向かう。

「えっ、うそ……」

恭成は唖然《あぜん》と社務所のガラス戸を見つめる。

そこには、「週末限定の御朱印は終了しました」の張り紙がしてあった。

息せき切ってやってきただけに、とてつもない脱力感に襲われる。

これまでも特別な御朱印が欲しくて、わざわざ神社へ足を運んだことがあるけれど、手に入れられなくても「まあしかたないか」で終わっていた。

それなのに、今日はどうしても諦めきれない気分だ。

自分でもわからないけれど、残念な気持ちが半端なかった。

「はーぁ……」

「おはようございます。どうぞこちらへ」

がっくりと肩を落としていた恭成に、社務所から晃之介が声をかけてきた。

なんだろうと思いつつも、手招きする彼に歩み寄る。

「週末限定の御朱印です」

「えっ？」

「今日お見えになると仰《おっしゃ》っていたので、内緒で一枚だけ取っておいたんです」

差し出された御朱印に目が吸い寄せられた。

限定版だけあり、凝った筆遣いの文字に、端正な顔をした狐が描かれている。

「ぼ……僕のために？」

「もちろんですよ」

「ありがとうございます！」

晃之介から書き置き御朱印を受け取り、デイパックから取り出した御朱印帳に丁寧に挟む。

「あっ、お金……」

「千円のお納めになります」

財布から取り出した千円札を晃之介に渡し、御朱印帳をギュッと胸に抱く。

この上なく幸せな気分だ。

かつて、御朱印をもらってこれほど嬉しかったことがあっただろうか。

「本当にありがとうございました」

晃之介に深々と頭を下げたところで、まだ参拝をすませていないことに気づく。

「慌てすぎちゃった……」

苦笑いを浮かべた恭成は手水舎に行って手を清め、軽い足取りで本殿に向かう。

いつもの手順を忘れてしまうほど、限定の御朱印のことで頭がいっぱいになっていたのだ。

本殿の前で手を合わせ、無事に限定の御朱印が手に入ったことを報告し、改めて晃之介に感謝する。

「あっ！」

参拝をすませて振り返った恭成は、階段の下に立つ美男子を見て思わず声をあげていた。

昨日は逃げるようにして帰ってしまったから、いつかお礼をできればいいなと思っていたのに、すぐに会えたから嬉しくてしかたない。

「無事に御朱印を頂くことができました」

そう言って階段を降りた恭成は、男性を満面の笑みで見上げる。

「それはよかった」

男性が優しく微笑む。

あまりにも素敵な笑顔に、目眩《めまい》を起こしそうな錯覚を起こす。

こんな感覚を味わうのは初めてだ。

(なんだろう……)

男性にもう一度、会えたらいいなと思っていた。

でも、それは男性に礼を言いたかったからだ。

それなのに、どうしてこんなにも嬉しいのだろう。

彼の顔を見ただけで喜びが込み上げてくるのが不思議でならない。

「どうかしたか？」

「あ……いえ……そうだ、昨日はありがとうございました」

「うん？」

「実は僕が到着したときはもう限定版の御朱印は終了しちゃってたんですけど、権禰宜さんが僕のために残しておいてくれたんです。昨日、社務所まで連れて行ってくれなかったら、多分、手に入れられなかったと思います」

恭成は感謝の気持ちを込めて男性を見つめる。

限定の御朱印を手に入れられたのは、彼が権禰宜に掛け合ってくれたからであり、心の底から有り難く思っていた。

「俺も少しは役に立ったのか？」

「少しどころか……本当にありがとうございました」

わずかに目を細めて見返してきた男性に、改めて深く頭を下げる。

「まあ、欲しがっていた御朱印を手に入れられてなによりだ」

「はい」

にっこりとうなずいた恭成は、わけもわからず男性の顔に魅入ってしまう。

彼の表情はどこか照れくさそうでもあり、安堵しているようでもある。

端正な顔に浮かぶ微笑みから、どうしても目が離せない。

これほど格好いい男性を見たことがない。

人間離れをした美しさすら感じる。

彼を見ているだけで気持ちが高揚してきた。

大好きなお稲荷さまを眺めているときのワクワク感によく似ていた。

「俺の顔になにかついているのか？」

男性から急に訝しげな視線を向けられ、恭成は慌てて視線を逸《そ》らした。

「えっ？　あっ、そうだ、写真を撮らないと……」

内心、焦りながらも当たり障りのない言い訳を口にし、デイパックのポケットからスマートフォンを取り出す。

まじまじと見つめてしまうなんて、あまりにも不躾《ぶしつけ》すぎた。

気を悪くしていなければいいけれどと思いつつ、狐の石像を撮影する。

「この狐に名前がついているのを知っているか？」

「名前があるんですか？」

しばらく黙っていた男性から聞かれ、しきりにシャッターを切っていた恭成は、いったんスマートフォンを持つ手を下ろす。

「これが光で、向こうが輝という」

男性が離れたところに置かれた狐の石像をひとつひとつ指差した。

「どんな漢字を使うんですか？」

石像に名前がついていることを初めて知った恭成が興味を示すと、男性はしばし遠くを見つめた。

「光り輝く、でわかるか？」

「えっと、これですか？」

恭成は素早くスマートフォンに文字を表示し、男性に見せる。

「ああ、そうだ」

「光、輝……素敵な名前ですね」

「で、ここの稲荷神は光輝と呼ばれている」

「そうか、お稲荷さまにも名前があるのか……」

感心の面持ちで男性を見上げた。

「ずいぶん詳しいんですね？」

「まあ、この神社のことなら……」

言葉半ばで男性が鳥居に目を向ける。

彼の視線を追うと、年配の参拝者の姿があった。

丁寧に頭を下げて鳥居を潜った参拝者が、ゆっくりとした足取りで手水舎に向かう。

「ああ、そうだ。用を思い出した、すまない」

男性が急に慌てた様子でその場を離れる。

あまりにも唐突すぎて、恭成は呆気《あっけ》に取られた。

彼は振り返ることなくスタスタと歩いて行く。

「ありがとうございましたー」

後ろ姿に声をかけ、軽くお辞儀をする。

用があるのならばしかたないけれど、もう少し話をしたかったから残念だ。

「それにしても、いったいなにをしている人なんだろう？」

スマートフォンをポケットにしまい、改めて男性が歩いて行ったほうに目を向けたが、すでに姿はなかった。

「そういえば……」

男性は鳥居とは反対方向に歩いて行った。

となると、やはり〈那波稲荷神社〉の関係者なのだろうか。

それならいろいろ詳しくても納得できるのだが、なにか違和感を覚えてしまう。

「でも、なんか気になる……」

境内をぐるりと見回し、恭成は首を傾げる。

見惚れてしまうほどの美男子だから、ただでさえ気になるというのに、急な去り方をされたことで、ますます気になってきた。

「権禰宜さんなら……」

週末限定の御朱印の件で権禰宜が気を利かせてくれたのは、男性とかなり親しい関係にあるからだろう。

ならば、男性について権禰宜に訊けば、なにかわかるかもしれない。

とはいえ、いきなり訊ねるのも気が引ける。

「不思議な人……」

とにかく男性のことが気になってしかたない。

どうしてこれほど気になるのか自分でも不思議なくらいだ。

「写真でも撮ろうかな……」

写真を撮っているあいだに、男性が戻ってくるかもしれないと思った恭成は、まだ撮影していない本殿へと足を進めていた。

第三章

　このところ雨が降り続いていて、自転車で神社巡りができない恭成は、ずっと自宅で過ごしている。

　ただ、退屈しているかといえば、そうでもなかった。

　これまで集めた御朱印や、撮影した写真を眺めたり、まだ行ったことがない稲荷神社をインターネットで探していると、時間はあっという間に過ぎていく。

　今日は、朝から撮りためた神社の写真を整理している。

　神社ごとに写真のファイルを作り、気に入った写真だけを残しているのだ。

「いいよなぁ……」

　ノートパソコンの画面に映る写真を、長いこと眺めていた。

〈那波稲荷神社〉で撮影してきたうちの一枚で、狐の石像が写っている。

　いつまで見ていても飽きることがない。

他の稲荷神社の狐となにが違うのだろうか。

とにかく見ているだけで顔が綻んできた。

「これはもちろん保存して、次はっと……」

画面をクリックして新たな写真を表示させた恭成は、思わず目を瞠《みは》った。

狐の石像と一緒に、あの男性が写っている。

実は狐の石像を撮っている最中に、内緒で男性も撮影していたのだ。

石像の脇に立つ男性があまりにも格好よくて、撮りたいという衝動を抑えられなかった。

「写真でもやっぱり格好いいなぁ……」

石像の狐と同じくらい写真の男性に魅入ってしまう。

陽を浴びているせいか、彼のキラキラ度が増していた。

「えっ？　なにこれ……」

写真を眺めていた恭成は、ずいっと身を乗り出し、画面に顔を近づける。

「影だよなぁ……」

男性の影の形が少しおかしい。

「なにかの尻尾みたい……」

先端に向かってシュッと細くなっている影は、まるで狐の尻尾のようだ。

「狐の石像？」

改めて写真全体を見てみると、狐の石像の影はくっきりと石畳にその形を落としていた。

そもそも、〈那波稲荷神社〉の狐の石像は、長い尾を躯《からだ》に巻き付けているから、影ができるわけがない。

他にも狐の尻尾に見えるような物体はないかと、くまなく写真を眺めたけれど、該当するものは見つけられなかった。

「なんか一体化してるんだよなぁ……」

尻尾の形をした影は、石畳に落ちた男性の影のちょうど腰のあたりから伸びている。

まるで男性の尻に尾があるかのようだ。

「そういえば……」

恭成はふと幼いころに祖父から言われた、『熱心にお参りをすると、お稲荷さまが人のお姿になって現れてくれるんだよ』という言葉を思い出す。

子供のころは信じていた祖父の言葉も、年齢を重ねていくうちに忘れてしまっていた。

今になって思い出したのは、人の影にもかかわらず狐の尻尾のようなものが写っていたからだろう。

「まさかね、神さまがあんなざっくばらんなわけないよ……」

いくらなんでも現実としてあり得ないだろうと、恭成は写真を見つつ呆れ気味に笑う。

「でも、あの人がお稲荷さまだったら」

あり得ないことではあるけれど、人間離れをした容姿をしたあの男性がもし稲荷神だったら納得してしまうかもしれない。

「まっ、なんかの偶然だよな」

そうつぶやきながらも、祖父の言葉が脳裏をちらつく。

狐が人に化けるという話は、日本に幾つも残っている。

絶対にあり得ないとは言い切れないのではと、そんな思いが胸に渦巻いてきた。

「でもなぁ……」

山の中に住む狐が人間に化けるのとはわけがちがう。

お稲荷さまは、稲荷神社に祀られている稲荷神なのだ。

その稲荷神が、尾の影が写るような間抜けなことをするはずがないだろう。

神さまが人間に姿を変えてこの世に現れるとしたら、絶対、誰にもばれないように完璧に化けるはずだ。

もしあの男性が稲荷神ならば、会って話ができたのだから嬉しいことこの上ない。

でも、神さまが人間に姿を変えて現れるなんて時代錯誤な考えだ。

現実であってほしい思いと、そんなことはあり得ないという思いが交錯する。

「石像の狐と顔がなんとなく似ているようにも……」

写真を眺めれば眺めるほど思いが錯綜する恭成は、いつまでも画面を見つめていた。

第四章

境内に参拝者がいないことを確かめ、人間に姿を変えて神殿から出てきた光輝は、竹箒《たけぼうき》で本殿の前を掃除している晃之介に歩み寄っていく。

「やっといい天気になったな」

「光輝さま、雨が止んだからといって、すぐに神殿を出てこなくても……」

掃除の手を止めた晃之介が振り返りざま、嫌みな口調で返してきた。

神に仕える権禰宜なのだから、もう少し敬うべきだろうと思うこともあるが、自分を特別視することなく気さくに話をしてくれる彼は有り難い存在でもある。

「いちいちうるさい奴だ。天気のいい日くらい外に出てもいいだろう」

とりあえず、光輝はいつものように不満めいた口調でやり返した。

互いに憎み合っているわけではないし、気心の知れた相手との日常的な軽いやり取りのようなものだ。

「そんなに暇なら紅《くれない》さまのところに行って、暁月《あかつき》君と遊んであげたらどうですか？」

「そういえばしばらく会っていないな」

晃之介から提案され、ふとご神木の大銀杏を見上げた。

ご神木には八咫鴉《やたがらす》が祀られている。

かつての光輝は、同じ神社に祀られている八咫鴉の紅を昔から敵対視していた。けれど、紅と晃之介が恋仲になったのをきっかけに、今では互いの神殿を行き来するまでになっている。

なにかと晃之介が、紅とのあいだを取り持ってくれたこともあるが、紅のひとり息子である暁月にことさら懐かれ、彼らと親交を深めるようになったのだ。

「暁月君は光輝さまのことが大好きなんですから、きっと喜びますよ」

「まあ、そうはいっても、いきなり行くのも気が引ける」

光輝はご神木を見上げたまま、軽く肩をすくめた。

幼い暁月は純真で可愛く、一緒にいれば楽しい時間を過ごせるが、今は自ら紅の神殿を訪ねたい気分ではなかった。

「光輝さまらしくない……そういえばあの男の子、次の日に御朱印をもらいに来てくれましたよ」

晃之介は無理に勧めることなく、すぐに話題を変えた。

「ああ、そうらしいな」

「会ったんですか？」

素っ気なく答えた光輝を、彼が驚いた顔で見返してくる。

「あの子のために一枚、残しておいてくれたらしいじゃないか。たまにはおまえも気が利くんだな」

「光輝さまがたいそうあの子を気にかけていらしたようなので」

「お……俺はべつに……」

晃之介の笑顔にはありありと他意が感じられ、なんでもない素振りをしてみせた。

実際のところ、あれからずっと少年のことばかり考えている。

念願の御朱印を手に入れてしまったから、もう〈那波稲荷神社〉を訪れることもないだろうと思うと、寂しさを覚えるほどだった。

「またお参りに来てくれるといいですね？」

「そうだな」

胸の内を察したかのような晃之介の言葉に、なに食わぬ顔でうなずいた光輝は、鳥居の潜る参拝者の姿を目にし、すっとその場をあとにした。

先日、再会した少年と話が弾んで楽しい思いをしていたときも、同じように参拝者に気づいて急ぎ神殿に戻ったのだ。

「あの楽しさはもう味わえないのか……」

誰にも邪魔をされない場所で、思う存分、少年と話がしてみたい。

急な別れが名残惜しかっただけに、また会いたい思いが募り、幾日も雨が降る境内を神殿から眺めていた光輝は、初めてせつなさを味わっていた。

＊＊＊＊＊

ずっと家で過ごしていた恭成は、雨が上がるや否や、自転車に乗って〈那波稲荷神社〉を目指していた。

「いつも神社にいるとはかぎらないけど……」

あの男性が稲荷神とはとても思えない。

それでも、写真に写った尻尾のような影が胸をざわつかせる。

再び男性に会えるかどうかはわからないけれど、とにかく〈那波稲荷神社〉に行こうと思ったのだ。

駐車場に自転車を停めて石造りの階段を駆け上がり、いつものように鳥居を潜って参拝をすませる。

平日の昼間ながら、参拝客の姿がちらほらあったが、あたりを見回しても男性の姿を見つけることはできなかった。

それでも、すぐに帰る気にはなれず、恭成は広い境内をのんびりと散策する。

「やっぱりこの神社って好きだなぁ……」

数多《あまた》の稲荷神社を訪ねたけれど、〈那波稲荷神社〉は鳥居を潜った瞬間、安堵感に包まれるのだ。

これほど穏やかな気持ちになれる神社は、これまでにはなかった。

「八咫鴉……そういえば、ここって八咫鴉の御朱印も人気があるんだっけ……」

天高くそびえるご神木の前で足を止めた恭成は、木板に記された由来に目を通し、離れたところにある社務所を振り返る。

限定の御朱印を手に入れて満足していたが、一番のお気に入りになった〈那波稲荷神社〉に祀られている八咫鴉の御朱印も欲しくなった。

「あっ……八咫鴉の御朱印も週末限定のがあるのかな？」

どうせなら貴重な御朱印のほうがいい。

帰りに社務所に寄って訊ねてみることにし、ご神木の前で手を合わせる。

（あの人にもう一度、会えますように……）

強く念じ、手を合わせたまま頭を下げた。

「また会ったな」

「うわっ」

目を閉じていた恭成は背後から声をかけられ、飛び上がらんばかりに驚く。

振り返ってどうにか挨拶をしたけれど、心臓がバクバクしていた。

「こ……こんにちは……」

相変わらず格好いい。

眉目秀麗とは、まさに彼を表す言葉だ。

まさか会えるとは思っていなかったから、嬉しくてたまらない。

ただの偶然かもしれないし、八咫鴉が願いを叶えてくれたのかもしれない。

どちらにしても、嬉しさに変わりはなかった。

（そうだ……）

再会できた喜びに浸りながらも、恭成はさりげなく男性の後方を見やる。

大木のそばではあるけれど、上手い具合に男性の影が落ちていた。

（ないか……）

尻尾の形をした影は見当たらない。

やはり、写真に写っていたのは、なにか別のものが重なっていたのだろう。

少しばかり期待しているところもあったから、尻尾の影がないのは残念だ。

でも、男性に再び会えたのは素直に嬉しい。

自分でも驚くくらい心が浮き浮きしていた。

「どうした？」

あらぬかたに目を向けている恭成を不審に思ったのか、男性がすっと片眉を引き上げる。

理由を伝えたら呆れられるに決まっているが、写真を見た男性はどんな反応をするのだろうかとちょっと興味が湧いてきた。

「これを見てください」

恭成はデニムパンツのポケットからスマートフォンを取り出し、あの写真を表示させて男性に見せる。

「ここ、この影って狐の尻尾みたいに見えませんか？」

指先で示した部分を、男性が凝視した。

「だから、もしかしたらお稲荷さまなのかなって」

「それで俺の後ろにある影を見ていたのか？」

「そんなことあるわけないのに、馬鹿みたいですよね」

恭成は自虐的な笑みを浮かべ、画像を閉じてスマートフォンをポケットに戻す。

どんな顔をするか見たいと思っていたのに、急に男性の顔を見るのが恐くなった。

呆れるだけならまだしも、妙な言いがかりをつけられたも同じ彼は、怒り出すかもしれないと思ったのだ。

「もし俺が稲荷神だったら、どうするつもりだったんだ？」

思いのほか静かな声で問われ、恭成はゆっくり視線を上げる。

「どうするって、お稲荷さまと知り合いになれるなんて本来ならあり得ないことだから、すごく喜んだと思います」

素直に気持ちを言葉にしたら、男性の表情が急に険しくなった。

「喜ぶ？」

信じられないと言いたげだ。

「だって嬉しいじゃないですか。大好きなお稲荷さまと話ができるんですよ、喜ばないわけがありません」

「なるほど」

にわかに頬を緩めた男性が、まじまじと恭成を見つめてくる。

それから、あたりをさっと見回した。

どうしたのだろうと思った瞬間、腰に腕を回してきた彼にグイッと抱き寄せら、恭成は大きく仰《の》け反る。

「うわ――――っ」

いきなり突風に襲われ、目眩を起こす。

「おい、大丈夫か？」

遠くに声が聞こえる。

あの男性の声だ。

「う……うん」

頬をピタピタと叩かれ、恭成は横たわったままようやく目を開けた。

目の前には心配そうな男性の顔があったが、なにかが違っている。

いったいなにが違うのか、男性を見つつ瞬きを繰り返す。

「えーっ」

ようやく違いに気づき、大きな声をあげてバッと跳ね起きた。

「嘘……」

床に片膝をついて座る男性を目にし、恭成はさらに驚く。

男性の頭には毛に覆われた三角形の耳が二つあり、なんとも雅《みやび》な平安朝の衣裳《いしょう》に身を包んでいた。

男性が稲荷神だったら楽しいかもしれないなどと思ったから、こんな突飛な夢でも見ているのだろうか。

「夢だよねぇ……」

床に正座をして男性に顔を近づけると、ほのかにいい香りが漂ってきた。

夢で匂いを感じるなんて不思議だ。

あまりにも香りが生々しすぎる。

「夢ではない。俺は〈那波稲荷神社〉の稲荷神、光輝だ」

「へっ？」

恭成は思わず変な声をあげてしまった。

夢でなければ、これは現実。

でも、にわかには信じられない。

「光輝さん……なの？」

「そうだ。そして、おまえが目にしたのは、この尾の影だ」

男性が笑いながらそう言うと、ふさふさの長い尻尾が目の前に現れた。

毛並みのよい尻尾に目が釘付けになる。

それでも、まだ信じられなかった。

稲荷神に対する思いが強すぎて、やはりおかしな夢を見ているに違いないと思い、恭成は己の頬をピタピタと叩く。

「夢ではないと言っているだろう。この尾に触れてみろ」

光輝に促され、恐る恐る手を伸ばす。

指先に長い毛が触れる。

感触は間違いなく動物の毛だ。

そっと撫でてみると、驚くほど手触りがいい。

本当に現実なのだろうか。

「でも……さっき見たときは尻尾の影が……」

ご神木の前でしっかりと確かめた恭成は、解せないと首を傾げる。

「たまたま俺の背に隠れて尾の影が映らなかったのだろう」

「ホントに？　ホントにお稲荷さまなんですか？」

まだ夢の中にいるような気がしてならない。

本当なら嬉しいけれど、どうすれば信じられるだろうか。

「俺は光輝、石像の光と輝は俺の分身だ」

「えーっと……えーっと……それで、ここは？」

とりあえず夢でもいいから、気になることを質問してみることにした。

「俺の神殿だ」

「神殿？　うわー、すごーい」

恭成は思わず膝立ちになり、あたりをぐるっと見回す。

稲荷神が神殿で暮らしているとは思ってもいなかったし、あまり馴染みのない「神殿」という言葉を夢の中で使うだろうか。

もしかしたら、これは現実なのかもしれないと恭成は思い始める。

「お稲荷さまって、こういうところで暮らしているのかぁ……」

長い尻尾を無意識に抱えたまま、改めて広々とした神殿を眺めた。

艶やかな木の床、滑らかな円柱、天井から吊《つる》された煌《きら》びやかな金の飾り。

窓はひとつもなく、壁は優美に波打つ赤い布に覆われていた。

幾本もの柱で仕切られた向こうに、別の部屋があるようだが、はっきりと見ることはできない。

今いる場所は、人間の家でいうところの居間にあたるのだろうか。

優雅な衣裳を纏っている尻尾と耳がある光輝、そして豪華な神殿が現実のものだとしたら、自分はとてつもない経験をしていることになる。

（もし本当だったら……）

神の住処《すみか》に自分のようなものが入っていいのだろうかと、素朴な疑問が浮かんだ。

「あの……ここに人間なんか連れてきちゃって大丈夫なんですか？」

「おまえは誰かに言い触らすような愚か者ではないだろう？」

「ええ、それは……」

恭成は曖昧な笑みを浮かべ、抱えている彼の尻尾を意味もなく撫で回す。

仮にいま目にしていることのすべてが現実だとして、それを話して聞かせたところで誰が信じるというのだ。

気がふれたと思われるのが関の山であり、心に留めておくのが無難に思える。

それにしても、光輝はどうして自分を神殿に連れてきたりしたのだろうか。

「おまえ、名はなんというのだ？」

「恭成です。狐塚恭成といいます。ちょっと待ってくださいね」

名前を教えつつ、ふと先日のことを思い出してスマートフォンを取り出し、自分の名前を画面に表示する。

「これで狐塚恭成って読みます」

差し出したスマートフォンの画面を、光輝が興味深げに見つめた。

そういえば、スマートフォンは普通に操作できるし、電波もしっかり届いているようだ。

この神殿がどこにあるのか気になってきた。

やはり、これは夢なのではないだろうかと思い始める。

「狐の文字が入っているんだな？」

「そうなんです。お稲荷さまに惹かれたのって、名字のせいもあるかなーって思ってます」

夢と現実の区別がつかないでいる恭成は、このまま彼と話を続けてみようと考えた。

「恭成、時間があるなら少し話し相手になってくれないか？」

「話し相手ですか？」

唐突な申し出に、きょとんと光輝を見返す。

「俺は何百年ものあいだ、ここにひとりでいるから退屈でしかたないんだ。嫌か？」

「とんでもないです」

ため息交じりに言った彼に、恭成はブンブンと首を横に振る。

稲荷神と話ができるなんて光栄の至りだ。

自ら望んでもできることではないのだから、絶対に断るわけがない。

「そうか」

「あの……ひとつ訊いてもいいですか？」

安堵の笑みを浮かべた彼に訊ねると、わずかに眉根を寄せて見返してきた。

「なんだ？」

「どうして僕なんですか？　これまでにたくさんの人がお参りに来てますよね？」

「おまえほど俺を気に入ってくれた人間はいままでいなかった」

「そうなんですね」

選ばれた理由を知り、自分が特別なような気がして嬉しくなった。

こんなふうに思ってくれている光輝と、たくさん話ができるなら夢でもかまわない。

いっそ覚めずにいてほしいくらいだった。

「おまえならよい話し相手になると思ったのだが、間違っていなかったようだ」

満足そうに笑う彼を見ているだけで、顔がニマニマしてくる。

「そういえば、恭成はどうして稲荷神社ばかり巡るようになったんだ？」

片膝を立てている光輝が両の手を床につき、わずかに背を反らして恭成を見つめた。

艶やかな衣裳を纏っているから、少し寛いだ様子がなんとも優雅に見える。

「高校を受験するときに、友達と合格祈願をしに稲荷神社へ行ったのがきっかけなんです」

恭成は初めて訪れた稲荷神社で見た狐の石像に魅せられたことや、神社巡りをしているうちに神職に就きたいと思うようになったことを話して聞かせた。

話をしているあいだ光輝は黙って耳を傾けていたが、恭成がひと息つくと床から手を離して身を乗り出してきた。

「たくさんの稲荷神社を訪ねてきたわけだな？」

「はい」

「その中でも〈那波稲荷神社〉にいる俺が最高だったと？」

「そうですよ」

恭成はすぐさまうなずき、にこやかに彼を見つめる。

目を細めている光輝は、とても嬉しそうだ。

境内で会った光輝はとてつもなく格好よかったけれど、神殿にいる彼は耳と尻尾があるせいか可愛らしくもあった。

両方の光輝を知っている人間は自分だけだと思うと、それすら喜びになる。

（あっ、でも……）

光輝と権禰宜が親しいことをふと思い出し、新たな疑問が湧き上がった。

「もしかして、ここの権禰宜さんは、光輝さんが稲荷神だって知っているんですか？」

「ああ、知っている。あいつは八咫鴉の恋人だからな」

「八咫鴉？　八咫鴉ってあのご神木に祀られている八咫鴉ですか？」

「そうだ」

「権禰宜さんと八咫鴉が恋人同士……」

光輝はあっさりとうなずき返したけれど、驚きが大きすぎて恭成はぽかんとしてしまう。

ご神木に祀られている八咫鴉と権禰宜が恋人同士ということは、光輝と同じように人間に姿を変えられるということだろう。

それにしても、神さまと権禰宜が付き合っているなんて、〈那波稲荷神社〉はいったいどうなっているのか。

夢の中のことであったとしても、あまりにもファンタジーすぎて理解が追いつかない。

「あっ……」

ポケットに入れたスマートフォンが小刻みに揺れ、恭成はすぐさま取り出して確認する。

母親から夕飯をどうするのかと訊ねるメッセージが表示された。

（ということは、これって現実……）

いまだ現実だと思えないでいた恭成も、さすがに母親からのメッセージを見て夢ではなさそうだと考え始めた。

「どうかしたか？」

「すみません、そろそろ帰らないと……」

暇《いとま》を告げて立ち上がり、スマーフォンをポケットに戻す。

「すごく楽しかったです」

「俺もだ。また俺に会いに来てくれるか？」

「もちろんです」

二つ返事をした恭成を、光輝が満面の笑みで見つめてくる。

長い尾が彼の後ろでゆらゆらと揺れていた。

「では、外に出るぞ」

「えっ……」

グイッと腰を抱き寄せられた瞬間、竜巻に呑み込まれていくような強烈な感覚に捕らわれ、目の前が真っ暗になる。

「大丈夫か？」

光輝の声にゆっくり目を開けてみると、見慣れた〈那波稲荷神社〉の境内が広がっていた。

背後には大きなご神木がある。

先ほど、光輝から声をかけられた場所だ。

「はぁ……」

ひとつ息を吐き出し、光輝に目を戻す。

白い長袖のシャツと黒い細身のパンツを身につけている彼には、三角形の耳も、長い尻尾もなかった。

「次はいつ会いに来られそうだ？」

神殿での会話の続きを始めた彼を見て、恭成はようやくこれまでの出来事が現実だったのだと確信する。

現実ならいつでも稲荷神の光輝に会えるということだ。

明日でも明後日でも、毎日でも会いに来たい。

けれど、さすがに明日明後日では図々しいような気がする。

少し間を空けたほうがいいだろう。

「えーっと、来週の水曜日とかどうですか？」

「時間は？」

「午後の二時くらい？」

「わかった。来週の水曜、午後二時にここで待っていてくれ」

大きくうなずいた光輝が、地面を指差した。

「わかりました」

彼が場所を限定してきたのには意味があるはずだ。

人が目の前から突然、消えたりしたら騒ぎになってしまう。

ご神木が人目を遮る役目を果たすから、彼はこの場所を選んで神殿と行き来しているのかもしれない。

「今日はとっても楽しかったです。ありがとうございました」

「気をつけて帰るんだぞ」

「さようなら」

光輝に見送られ、恭成は神社をあとにする。

一度にいろいろなことがありすぎたせいで驚いてばかりだったけれど、怖さなど微塵《みじん》も感じなかった。

凄い体験ができたことが、なによりも嬉しい。

これから、もっともっと光輝や〈那波稲荷神社〉について知ることができるのだ。

「ひゃー、またお稲荷さまに会えるんだー、幸せすぎるー」

鳥居を潜った恭成は、石段を降りていく。

社務所に寄って八咫鴉の御朱印をもらうつもりでいたけれど、そんなことはすっかり忘れていた。

頭の中は、光輝のことで占められている。

誰にも言えないけれど、言っても信じてもらえないけれど、稲荷神に会って話をしたのだ。

こんな嬉しいことが、これまでにあっただろうか。

石段を降りる足取りが驚くほど軽い。

〈那波稲荷神社〉の稲荷神、光輝と次の約束をした恭成は、完全に浮かれきっていた。

第五章

光輝と会う約束を交わした恭成は、数日ぶりに〈那波稲荷神社〉を訪れていた。

どれほどこの日を待ちわびたことだろうか。

次はいつ来られそうかと訊かれたときに、素直に「明日」と言っておけばよかったと後悔したくらいだ。

また光輝に会えると思うだけで胸が躍り、日がな一日、そわそわして過ごしてきた。

「ちょっと早かったみたい……」

いつものように参拝をすませた恭成は、本殿の階段を降りながらスマートフォンで時間を確認して苦笑いを浮かべる。

逸る気持ちを抑えきれず、約束の時間より早く到着してしまったのだ。

「権禰宜さん、いるかな……」

本殿の前に佇《たたず》み、遠くにある社務所に目を向ける。

若くて親切な権禰宜が、ご神木に祀られている八咫鴉と恋仲にあると知れば、やはり気にせずにはいられない。

とはいえ、ここで晃之介と顔を合わせたりしたら、余計なことを口にしてしまいそうだ。光輝からはべつに口止めされているわけではないにしても、しばらくは知らない素振りでいたほうがいいように思えた。

幸い社務所に晃之介の姿はなく、ほっと胸を撫で下ろした恭成は、境内に置かれたベンチに腰掛け時間を潰す。

「いいお天気……」

青々とした空を見上げる。

「早く会いたいなぁ……」

あと十分もすれば約束の時間になるというのに、気が急《せ》いてしかたない。

「そういえば、稲荷神社ってたくさんあるけど、他の神社のお稲荷さまってどんな感じなのかな？」

かつて自分と同じように稲荷神を見た人間がいたからこそ、祖父が口にしたような話が伝わってきたのだろう。

日本各地にある稲荷神社に、それぞれ稲荷神がいるのだと考えると、ちょっと興味深い。

祖父は『熱心にお参りをすると……』と言っていたから、稲荷神も相手を選んで己の姿を見せているはずだ。

「なんかすごい特別感……」

自分は光輝に選ばれたのだと思うと、喜びが込み上げてくる。

合格祈願でたまたま訪れた稲荷神社で狐の石像に魅せられてから、気がつけば神職に就きたいと考えるほどの神社オタクになっていた。

だからこそ、光輝が本来の姿を見せてくれたのが嬉しくてならない。

「そろそろかな……」

ベンチから腰を上げた恭成は、足取りも軽くご神木へ向かう。

あたりには誰もいない。

光輝はどこから現れるのだろうかと、ご神木を背にキョロキョロしていると、真正面から突如、強い風が吹きつけてきた。

「わっ……」

恭成は咄嗟に片手で顔を覆い、突風を避ける。

「恭成、よく来たな」

紛れもない光輝の声に、風邪に吹かれて乱れた髪を無造作に直しながら正面を向く。

いまの強烈な風は彼が起こしたのだろうか。

そういえば、神殿に連れて行かれたときも、ここまで送り届けてもらったときも、強い風を感じた。

きっと神さまだから、数々の特別な力を持っているに違いない。

光輝のことをもっと知りたいという思いが、これまで以上に強まる。

「こんにちは」

「さあ、行くぞ」

あたりを見回して短く言った光輝が、恭成の腰に手を回してきた。

返事をする間もなく風に淩われ、軽い目眩を起こす。

ふっと足が地に着く感覚を覚えてゆっくりと目を開けると、そこは先日とまったく変わらない神殿の一室だった。

「苦しくはないか？」

「えっ？」

光輝の心配そうな顔を見て、恭成は小首を傾げる。

「人間を連れて地上と神殿のあいだを移動をしたことなどないから、身体に負担がかかっているのではないかと気になっていたのだ」

「心配しなくても大丈夫ですよ。一瞬、クラッとしただけで、なんともありません。ほら」

問題ないと笑い、立ったままくるりと一回転してみせた。

「それはなによりだ」

光輝が床に片膝を立てて座る。

そういえば、いつの間にか見た目が変わっていた。

ご神木の前で会った彼は洋装だったのに、いまは雅な衣裳を纏っているだけでなく、狐の耳と尻尾がある。

瞬間移動できるだけでなく、瞬時に変身もできるようだ。

「あの、光輝さんは他にどんなことができるんですか？」

彼の前に正座をした恭成は、興味津々に瞳を輝かせる。

「他にとは？」

質問の意味が理解できなかったようで、光輝が訝しげに眉根を寄せた。

「自由自在にあっちへ行ったりこっちへ来たりできるのも、人の姿に変身できるのも、特別な力があるからですよね？　だから、人間にはできないことが、他にもできたりするんじゃないかなと思って」

「ああ、神通力のことか？」

「そうです、そうです。神通力です！」

なにか言葉があったような気がしながらも、思い出せないでいた恭成は、笑顔で何度も大きくうなずいた。

「たいしたことではないが、光と輝の目と耳を借り、世の中を見て人々の声を聞くことができる。姿を消すこともできるし、壁を通り抜けることもできる」

「すごーい！」

小説や映画の世界だけで可能だと思っていたことを、彼は実際にできるのだから他に言葉が見つからなかった。

「かつては人の心を読むこともできたのだが、いまはその力はない」

「えっ？　どうしてですか？　神通力って失《う》せてしまうものなんですか？」

「ないというのは間違いだな。なるべく使わないようにしている」

「なにか理由があるんですか？」

「人間の心など知らないほうがいいときもあると気づいたからだ」

苦々しく笑った光輝の瞳に翳《かげ》りが見える。

なにか嫌なことがあったのだろうと、彼の表情から容易に察せられた。

彼は何百年ものあいだ、〈那波稲荷神社〉の稲荷神として人々を見守ってきたのだから、さまざまなことに直面してきたはずだ。

まだ二十年も生きていない恭成には、とうてい彼の胸の内を推し量ることなどできない。

知り合って間もないのに、根掘り葉掘り訊ねるのは失礼だろう。

「それだけいろいろなことができたら、すごく楽しそうですね」

「楽しくなどない」

思いがけず否定され、恭成は口を噤んで光輝を見つめる。

「俺はここから出ることが叶わないのだから、楽しいわけがない」

「ここからって、神社からってことですか？」

「そうだ。本来ならばこうして本来の姿を人間に見せることすら許されないのだ」

彼はさもつまらなそうに肩をすくめた。

昨日の彼は「退屈だ」と言った。

けれど、禁を破ってまで己の姿を晒《さら》したのだ。

それは寂しい思いをしているからではないだろうか。

人間にはない特別な力を持ち、豪華な神殿で暮らしていても、光輝は〈那波稲荷神社〉という小さな世界に閉じ込められている。

それも、とてつもなく長い年月のことなのだから、「寂しい」のひと言ではすまされないような気がした。

光輝と会えたのもなにかの縁であり、彼のためになにかできないだろうかと恭成は思いを巡らせる。

「あの……」

「なんだ？」

「これからも光輝さんに会いに来てもいいですか？」

正座をしている恭成は両の手で膝頭を掴み、少し前のめりになって光輝を見つめた。

「おまえが望むならかまわないが、この先も俺に会いたいのか？」

「もちろんです」

訝しそうな眉をひそめていた彼が、元気な声での即答に表情を和らげる。

「光輝さんは僕が一番、格好いいと思ったお稲荷さまなんですよ。たくさん会ってお話ししたいにきまってるじゃないですか」

「ならば好きにしたらいい」

光輝の口調は素っ気なかったけれど、嬉しそうに目を細めていた。

彼は話し相手を欲している。

自分が相手をしてあげることで、彼が少しでも楽しさを味わえるのであれば、毎日でも通ってこよう。

稲荷神について知りたいことは山ほどあるのだから、通い詰めても損はない。

それどころか、稲荷神である光輝本人からいろいろなことが訊けるなんて、幸せ以外のなにものでもなかった。

「恭成」

「は、はい……」

真面目な顔で名前を呼ばれ、浮き浮きした気分であれこれ想像していた恭成は、思わず居住まいを正す。

「その背負っているものを下ろしたらどうだ？」

「えっ？　ああ……」

光輝に指摘されて、はじめてデイパックを背負ったままでいたことに気づく。

そういえば、昨日もここにいるあいだはずっと背負ったままだった。

デイパックそのものが軽量なうえに、いつも入れているのは御朱印帳と財布、家の鍵の三点だから、背負っているのが苦にならないというか、忘れてしまうのだ。

とはいえ、これから話が弾むところだというのに、デイパックを背負ったままでいるのもおかしいだろう。

恭成はデイパックをそそくさと肩から外して傍らに置き、改めて光輝と向き合った。
真っ直ぐに見つめてくる光輝は、穏やかな笑みを浮かべている。
煌びやかな衣裳、端正な顔、尖《とが》った耳、床に長々と伸びているふさふさの尾。
なんとも不思議な姿をした生き物にもかかわらず、見るほどに心を奪われる。
(そういえば、あの尻尾……)
纏っている衣は丈が長いから、本来であれば尾の半分くらいは隠れてしまいそうだ。
それなのに、尾は根元近くまで見えている。
あの衣裳はどうなっているのだろうか。
(穴でも空いてるのかな……)
妙なことが気になってしかたない。
知りたいことが山ほどある。
でも、この先も光輝に会う機会はあるのだから、焦る必要などないのだ。
少しずつ彼のことを知っていくのもまた楽しい。
「幾つになるんだ？」
「僕ですか？　十八歳です」
尾が気になっていた恭成は慌てて答えた。

「そうか」

「光輝さんは何歳なんですか？」

「俺は何歳だったかなぁ……何百年と生きてきたからもう忘れた」

「遠くを見つめた彼は、どうでもいいことだと言わんばかりだったが、さすがに恭成は呆れてしまう。

「えーっ、自分の歳《とし》を忘れてしまったんですか？」

「五百か六百か……まあ、そんなところだ」

わずかに肩をすくめた光輝は、本当に自分の年齢がわからないらしい。

「神さまって意外に大雑把なんですね」

「仮におまえが五百歳まで生きたとして、覚えていられるか？」

「うーん、無理かも……」

ズイッと身を乗り出してきた彼に、恭成は笑ってみせる。

彼の見た目は三十代くらいだから、忘れるなんてあり得ないと思ってしまう。

けれど、実際にはとてつもなく歳を重ねているのだ。

自分を彼に置き換えてみれば、年齢を覚えているのは無理だと理解できた。

ましてや、彼は神殿でひとり日々を過ごしている。

人間のように誕生日を祝うわけでもないだろうし、忘れてしまうのはしかたがない。

「おまえに無理なら俺にも無理なことだ」

「ですね」

顔を見合わせて笑う。

静かな神殿に、二人の笑い声だけが響く。

ここは驚くほどの静けさに包まれている。

外の音がまったく聞こえてこない。

神殿がどこに存在するのか定かではないけれど、洋の東西を問わず神は天上に住まうイメージがある。

とはいえ、地上から遠く離れた上空に、神殿が浮いているような感じもしない。

長居をしても息苦しさを感じないのは、ちゃんと空気が流れているからだろう。

外の景色を見ることができればいいのだが、窓がないからそれもままならない。

まあ、神殿についてもいずれわかるだろう。

「そういえば、昔の〈那波稲荷神社〉って、どんな感じだったんですか？」

いまは、公式サイトがある神社もかなり多くなっている。

けれど、いろいろ調べたくても〈那波稲荷神社〉はサイトがないから、いまだ詳しい歴史を知らないのだ。

「このあたりは一面の畑で、いまのように周りには人家もなく、畑の中にぽつんと建っているような神社だったな」

「あの、素朴な疑問なんですけど、お稲荷さまってもともとは狐ですよね？　どうやって神さまになったんですか？」

「稲荷神になる前の俺は、村の裏山に住む白狐《びゃっこ》だった……」

思いつくままに訊ねているのに、光輝は嫌な顔ひとつすることなく、静かな口調で話をしてくれた。

彼の話はとても興味深く、気がつけば身を乗り出して聞き入っていた。

昔から白い動物は神の使いとして、たいせつに扱われてきた。

人間にとって白は穢《けが》れのない色であり、神的なものに感じさせたのだろう。

ときおり姿を見せる白狐を、村人たちは神の使いと信じ、けして追い払われることなく、飢えることがないよう食べ物も与えられたそうだ。

長閑《のどか》で水と空気が綺麗な山あいにある村はいつも作物が豊かに実り、飢饉《ききん》に見舞われることもなかった。

豊穣《ほうじょう》をもたらす神の使いと長らく村人たちに崇《あが》められてきた白狐も、歳月には逆らうことができずに降り積もる雪の中で息絶えたという。

亡骸を見つけた村人たちが白狐を埋葬し、真っ赤な鳥居を建てた塚が、時を経て〈那波稲荷神社〉になったらしい。

白狐として命をまっとうしながらも、〈那波稲荷神社〉の稲荷神として祀られたことで、新たな命を授かったそうだ。

光輝というのは村人たちが白狐につけた名前で、稲荷神となってもそのまま引き継がれたという。

「遠い昔のことを、よく覚えていますね」

「まあな」

小さくつぶやいた光輝が、ちらりと睨《ね》めつけてきた。

恭成は嫌みのつもりで言ったのではないのだが、彼はそう捉えてしまったのかもしれない。

「あっ、あの……すみませんでした、変な言い方をして……光輝さんの記憶に、鮮明に残っているのが凄いなって思ったんです」

「実ははっきり記憶に残っているのは息絶えたところまでだ」

「えっ？　そうなんですか？」

「おまえに聞かせた話は、〈那波稲荷神社〉に伝わる古い文書を読んで知ったことだ」

「ちゃんと記録が残されていたんですね」

恭成は感嘆の声をあげた。

住宅街にひっそりと佇んでいるとはいえ、さすがは歴史のある神社だ。

それに、自ら古い文書を読むなんて、見かけによらずと言ったら失礼だけど、光輝はかなりの勉強家らしい。

（あれ？　どうして文字が読めたんだろう？）

またひとつ知りたいことが増えた。

光輝のすべてを知るには、しばらく〈那波稲荷神社〉に通い詰めないとだめそうだ。

「恭成と話していると時間を忘れてしまいそうだ。まだ帰らなくてもいいのか？」

「今日は大丈夫です。遅くなるかもしれないと母に言って家を出てきたので」

ささやかな嘘をついてしまったのは、できるだけ光輝と長く一緒にいたいから。

それに、神殿に来てからまだ一時間も経っていないはず。

焦る必要などまったくなかった。

「そうか」

光輝が嬉しそうに目を細める。

つられて恭成も頬を緩めた。

彼と一緒にいると、不思議なくらい穏やかな気持ちになる。

静かな神殿も居心地がいい。

「欠伸《あくび》などして、眠くなってしまったか？」

「えっ？」

無意識に欠伸をしていたなんて、恥ずかしすぎる。

恭成は顔を赤くして項垂《うなだ》れた。

でも、言われてみると、なんだかとても眠たい。

「ここは静かすぎるのだろう。向こうで昼寝でもしたらどうだ？」

「いえ、そんな……せっかく光輝さんとお話ししてるのに……」

「話などいつでもできる。遠慮は無用だ」

立ち上がった光輝に手を引かれ、隣の部屋に連れて行かれる。

幾本もの柱で仕切られていて、よく見えなかった部屋だ。

「頃合いをみて起こしてやるから、そこで寝るといい」

勧められたのは、赤い布が垂れ下がる天蓋付きの大きなベッドだった。

意外すぎる。

まさか、お稲荷さまがこんな豪奢《ごうしゃ》なベッドで寝ているとは思いもしなかった。

ちょっとだけ寝心地を確かめたい衝動に駆られたけれど、さすがにそれは失礼だろうと思いとどまる。

「やっぱりいいです」

「なぜだ？」

「光輝さんのベッドを使うなんて……」

「遠慮は無用と言っただろう」

「あっ……」

上掛けをめくった光輝に、ひょいと抱き上げられた。

（えっ？　これってお姫様抱っこ？　男なのに……）

驚きと羞恥に、同時に見舞われ顔が火照《ほて》る。

「さあ」

そっとベッドに寝かされた恭成は、困惑気味に彼を見上げた。

顔ばかりか、身体中が熱い。

わけもわからずドキドキしてる。

「どうした？　添い寝が必要か？」

ベッドの端に腰掛けた彼が、恭成の顔を覗き込んできた。

「と……とんでもない」

慌てて否定し、照れ隠しに寝返りを打って背を向ける。

小さな子供でもあるまいし、添い寝などされたらいたたまれなくなるだけだ。

「恭成は可愛いな」

穏やかな声が耳に心地よく響く。

まるで眠りを誘っているかのようだ。

優しく髪を撫でる光輝の尾の先が、パサリと目の前に落ちてきた。

ふさふさの尾が緩やかに動いている。

(気持ちよさそう……)

そっと掴んで引き寄せた尾に、たまらず顔を埋めた。

こんなにも太くて長い尾を持つ狐は、きっと光輝の他にいない。

光輝の尾に触れられるのは自分だけなのだ。

なんという優越感だろうか。

幾度も尾に頬ずりをして柔らかな毛並みを堪能していた恭成は、いつしか深い眠りに落ちていた。

＊＊＊＊＊

寝台でスヤスヤと眠っている恭成を、光輝が傍らで眺めている。

「なんと愛らしい寝顔……」

あっという間に眠りに落ちた彼は、長い尾を抱きしめていた。

よほど尾が気に入ったらしい。

尾を抱かれるなど初めてのことだが、なかなかいいものだ。

恭成が好むのであれば、いくらでも抱きしめさせておこうという気になる。

「まったく……」

警戒心の欠片もない恭成を見つめつつ、光輝は柔らかに笑う。

何百年ものあいだ稲荷神として神殿で過ごしてきたが、話をしてみたいと思ったのは彼が初めてだった。

けれど、少し話ができればいいくらいの気持ちで、本来の姿を晒すつもりなどさらさらなかったのだ。

尾の影が写る写真を見せられたときには、さすがにまずいと思い、どう誤魔化そうかとそればかりを考えた。

それなのに、彼は本物の稲荷神と会えたら嬉しいと言い切ったのだ。

そう言ったときの恭成の笑顔が目に焼きついてる。

心から稲荷神に会いたいと願っているのだと知り、居てもたってもいられず神殿に連れてきた。

稲荷神が大好きで、熱心に稲荷神社巡りをしているだけでなく、神職に就きたいとまで考えている彼ならば、他言する危険はないだろうと思えたのだ。

「恭成……」

いっこうに目覚める気配のない彼の前髪をそっと掻《か》き上げ、滑らかな頬を撫で、あの日、狐の石像を通して感じた熱い視線を思い出す。

「なぜだ……」

恭成を見つめていると愛しさが込み上げてくる。

無邪気で可愛らしい彼を自分のものにしたい。

胸の内に芽生えたのは明らかな独占欲。

どうして、これほど彼に惹かれるのか、自分でもわからない。

初めて面と向かって好きだと言われたからだろうか。

だが、彼の言う好きという言葉には、恋愛感情はいっさい含まれていない。

数多いる稲荷神の中で一番、好きというだけのことだ。

「はぁ……」

せつないため息をもらした光輝は、ただただ空を見つめる。

八咫鴉の紅と権禰宜の晃之介は、神と人間でありながら結ばれた。

仲睦《なかむつ》まじい彼らを見ていると、ときとして羨ましさを覚える。

光輝と同じく何百年ものあいだ自らの神殿で過ごしてきた紅は、気むずかしく偏屈なところがあったが、晃之介と恋仲になってからは驚くほど穏やかになった。

晃之介を手に入れた紅は、身も心も充実しているに違いない。

「俺も……」

恭成を自分のものにできたら、退屈で寂しい日々から解放されるような気がしてならない。

けれど、この思いは一方的なものであり、いくら恭成を欲したところで、彼が気持ちを受け止めてくれるとはかぎらないのだ。

紅と晃之介のように、互いに愛し合っていなければ幸せにはなれないだろう。

恭成が好きなのは稲荷神であり、喜んで訪ねてきてくれるのは、稲荷神社に祀られた稲荷神に興味があるからだ。

ちょっとでも気があるような素振りを見せたら、彼は二度と会いに来なくなる。

恭成は、長い時を経てようやく出会えた愛しいと思える相手だ。

その愛しさが本物だからこそ、彼を失いたくない。

二度と会えなくなるくらいならば、思いは胸に留めておくべきだ。

「うーん」

小さな声をもらした恭成が、ゴシゴシと目を擦《こす》る。

どうやら目覚めたらしい。

「起きたか？」

「わっ！」

顔を覗き込んだ瞬間、目をぱっちりと開いた彼が、あたふたと身体を起こす。

「すみません、なんか寝心地がよくて……」

寝台に正座をした彼が、申し訳なさそうに頭を下げる。

恥じたように顔を赤く染めている彼が、なんとも可愛らしい。

「小一時間ほど寝ていたぞ」

「そんなに……ホントにすみません」

「昼寝を勧めたのは俺なのだから謝ることはない」

恐縮している彼は、項垂れたままだ。

「そろそろ帰るか？」

「はい……」

コクンと小さくうなずいた恭成が、のそのそと寝台から下りる。

「では……」

「あっ」

唐突に声をあげた彼が、走って寝所を出て行く。

どうしたのかと後を追うと、床に置いていた背負い袋を取り上げて振り返ってきた。

「忘れるところでした」

軽く肩をすくめた彼の顔には、いつもの愛くるしい笑みがあった。

目覚めてからずっと恥ずかしそうに項垂れていたので、昼寝など勧めなければよかったと後悔していたが、笑顔を目にして安堵する。

「では、行くぞ」

「はい」

恭成の腰を抱き寄せ、目を閉じて念じる。

「あっ」

小さな声をもらした彼をしっかりと抱きしめ、ご神木へと移動した。

「ふぅ……」

束《つか》の間、詰めていた息を吐き出した恭成が、満面の笑みで見上げてくる。

寝所での出来事は、もうすっかり忘れてしまったかのような笑顔だ。

「ありがとうございました。とても楽しかったです」

ぺこりと頭を下げた恭成が、足早に去って行く。

あたふたとしているのは、まだ少し照れがあるからかもしれない。

「まったく、なんて可愛いんだ」

鳥居に向かって走る彼をその場から見送る。

「あの子がそばにいてくれたら……」

独占欲は増していくばかりだ。

けれど、愛しく思うからこそ、彼を失うような真似はできない。

「会えるだけで……」

恋心は胸の内に納めておこうと改めて心に誓った光輝は、名残惜しい思いで遠ざかる恭成の後ろ姿を見つめていた。

第六章

恭成は石造りの階段下から、赤い鳥居を見上げている。

最後に光輝と会ったのは三日前のこと。

彼はこれからも来ていいと言ってくれたけれど、日参するのもどうかと思い、少し日を空けて訪ねてきた。

とはいえ、光輝と次の約束を交わしてないから、〈那波稲荷神社〉まで来たものの、どうしたものかと迷っているのだ。

「あのとき約束してればなぁ……」

借りたベッドでほんの少し寝させてもらうつもりでいたのに、気がつけば熟睡してしまっていた。

彼に勧められたとはいえ、一時間近くも寝るなんてあまりにも図々しすぎる。

そんな自分が恥ずかしくて、次の約束をすることなどすっかり忘れ、逃げるように帰ってしまったのが悔やまれてならない。

「せっかく来たんだから、お参りだけでもしていこうっと……」

このまま帰るのも忍びなく、石段を上がっていく。

「神殿にいても境内を見渡せるみたいだけど……」

一礼して鳥居を潜り、光輝が見つけてくれることを願いつつ手水舎で手を清め、本殿へと向う。

(光輝さんに会えますように……)

神殿で手を合わせた恭成は、改めて強く念じて本殿を離れる。

境内の中ほどで待ってみたけれど、光輝は姿を現さない。

どうしたら彼に会うことができるのだろう。

このまま会えないかもしれないと思ったら、たまらなく寂しくなった。

「こんにちはー」

どこから現れたのか、小さな男の子がひとり歩み寄ってくる。

「こんにちは」

手を振る男の子に挨拶をしてあたりを見回したが、親らしき姿はない。

「おまいりにきたのー?」

恭成の目の前で足を止めた男の子が、人懐っこい笑顔で見上げてくる。
二、三歳くらいだろうか、くりっとした大きな瞳がなんとも愛らしい。
「僕、パパとママは？」

親が姿を見せる気配がなく、心配になった恭成はその場にしゃがんで男の子と目線を合わせる。

「いないのー」

「ひとりなの？」

さらなる問いに、なんと男の子はうなずき返してきた。

（迷子か……）

年齢的にそう遠くまで歩けないだろうから、近所に家があるのかもしれない。

神社の関係者ならば男の子を知っている可能性がある。

まずは社務所に行って相談したほうがよさそうだ。

「お兄ちゃんと少しお散歩する？」

「うん」

ニコッとした男の子が恭成と手を繋《つな》いできた。

小さな子と接する機会がないこともあり、あまりの人懐っこさに戸惑うくらいだ。

「いいおてんきだねー」

「そうだね」

繋いだ手を大きく前後に振りながら、恭成は子供の足取りに合わせてゆっくりと社務所を目指す。

「あーっ、おにいたまだー」

急に大きな声をあげた男の子が、手を振り解いて駆け出す。

なんだろうと思って前方に目を凝らすと、箒を手にした晃之介が社務所の前に立っていた。

どうやら男の子は晃之介を知っているようだ。

すんなりと親の元に帰すことができそうだとわかり、心の底から安堵する。

「暁月君、またひとりで来ちゃったの？」

箒を社務所の壁に立てかけた晃之介が、駆け寄っていった男の子を抱き上げた。

（ああ、そうか……）

八咫鴉と恋仲にある晃之介に訊けば、光輝との連絡の取り方がわかるかもしれない。

「おとーたまもくるよー」

「そうなんだ」

男の子と親しげに言葉を交わす晃之介に、恭成は歩み寄っていく。

「こんにちは」

「こんにちは、お参りご苦労さまです」

にこやかに一礼した晃之介が、抱き上げていた男の子をそっと下ろす。

男の子はその場にしゃがみ、玉砂利で遊び始めた。

「あの……」

「なにか？」

晃之介が軽く首を傾げる。

どう言い出せばいいか迷っていた恭成も、頼りになるのは彼しかいないのだからと勇気を振り絞った。

「すみません、稲荷神の光輝さんと会うにはどうしたらいいでしょうか？」

「光輝さまと？」

晃之介の穏やかな表情が一瞬にして険しくなる。

焦りすぎてしまったと、恭成は反省する。

順を追って説明をしなければ、晃之介にしても理解に苦しむにきまっている。

「実は僕……」

光輝と親しくなり、神殿にも行ったことを恭成がかいつまんで話すと、晃之介は小さなため息をもらした。

「そうだったんですね。でも僕には光輝さまを呼ぶことは……」

彼は無理だと言いたげに肩をすくめる。

嘘をついているわけではないだろう。

でも、恋人の八咫鴉とは連絡を取り合っているように思える。

ということは、なにか手段があるはずだ。

「権禰宜さんと八咫鴉の神さまとはどうやって連絡を取っているんですか？」

「えっ？」

晃之介からギョッとした顔で見返され、恭成は慌てて説明を加える。

「すみません、光輝さまから恋人同士だって聞かされて……」

「光輝さまがバラしたんですか？」

晃之介がさも不機嫌そうに言って唇を噛《か》む。

光輝に会いたい気持ちが強すぎて、よけいなことを言ってしまったといまさらながらに後悔する。

「あの……光輝さんも悪気があったわけでは……」

どうしたらいいのかわからず、恭成はオロオロするばかりだ。

晃之介は唇を噛んだまま、敷き詰められた玉砂利を見つめている。

「おとーたまだー」

不意に立ち上がった男の子が、前方を指差す。

目を向けてみると、光輝に勝るとも劣らない美男子がこちらに向かって歩いてきた。

艶やかな黒髪、黒いシャツとパンツ。

黒ずくめなのに光を纏っているかのような華々しさがある。

「紅さま、ちょっと相談があるんですけど」

「なんだ？」

「光輝さまをここに呼ぶことはできますか？」

「光輝を？」

「こちらの方が光輝さまに会いたいとのことでして……」

男性と話をしていた晃之介が、ちらっと恭成を振り返った。

どうやら、ただならない雰囲気を纏ったこの男性が八咫鴉のようだ。

（紅さんっていうんだ……）

光輝と同じく人間離れをした美しさに目を奪われていると、紅が鋭い視線を向けてきた。

思わず怯《ひる》んだ恭成は、紅からさっと視線を逸らす。

「いったい、どういうことだ？」

「事情はあとでお話ししますよ。で、光輝さまを呼び出すことはできるんですか？」

「ああ」

紅の答えを聞き、恭成はおずおずと視線を上げる。

彼の表情はかなり険しく、機嫌が悪そうだ。

それでも恋人の頼みは断れないのか、本殿に向かってなにかを念じ始める。

（よかった、これで光輝さんに会える……）

紅と同じく本殿を見つめていた恭成は、玉砂利を踏みしめる音を耳にして首を巡らせた。

「光輝さん……」

ご神木を背にした光輝が、ゆっくりと歩いてくる。

「ありがとうございました」

光輝の姿を見て嬉しさが込み上げてきた恭成は、晃之介と紅に礼を言うなり駆け寄っていった。

「恭成……」

「光輝さん……」

互いに足を止めて見つめ合う。

光輝は驚いたような、それでいて、どこか嬉しそうな顔をしていた。

「よかった……」

光輝の顔を間近で見て安堵したとたん、意図せず大粒の涙が溢れ出す。

「どうした？　なぜ泣いている？」

「約束しないで帰ってしまったから、もう光輝さんに会えないと思って……」

唇を震わせながら、涙に濡れた瞳で彼を見つめる。

「馬鹿だな」

小さく笑って抱き寄せた彼が、幼子をあやすように優しく頭を撫でてくれた。

広い胸に抱かれ、大きな手で頭をいい子いい子され、次第に涙も乾いて落ち着いていく。

「礼は改めさせてもらうぞ、紅」

紅に声をかけた光輝に抱き寄せられたまま、ご神木の裏へと連れられていく。

「行くぞ」

短く言った彼に、恭成はしがみつく。

一瞬、目眩がしたけれど、目を開けたときにはもう神殿にいた。

「すまない、俺がもう少し境内に目を配っていれば気づいてやれたのに……」

恭成の頬を両手で挟んだ彼が、コンと額をぶつけてくる。

彼の優しさが、触れ合わせた額から流れ込んでくるようだ。

約束をしなかったこちらに非があるというのに、気遣ってくれる彼の気持ちが嬉しい。

「今日は必ず次の約束をしてから帰ります」

「そうだな、忘れずに約束をしよう」

こくりとうなずいた恭成は、光輝と顔を見合わせて笑う。

「あっ、そうだ……」

「なんだ？」

「あの……光輝さんと会う方法がわからなくて、権禰宜さんに助けを求めてしまったんですけど、紅さんまで巻き込んでしまって……」

晃之介の機嫌を損ねてしまったことが、気になってしかたない。

一方的な頼み事をされた紅も、不愉快そうな顔をしていた。

「権禰宜さんと紅さん……怒ってないでしょうか？」

「あいつらが気になるのか？」

「ええ……」

「わかった」

光輝に促されて振り返ると、壁を覆っていた赤い布がするすると巻き上がっていった。

てっきり壁だと思っていたけれど、赤い布の向こうは小さな部屋になっていて、白木の飾り台座に見事な大きさの鏡が置かれている。

「あれを見てみろ」

光輝に言われて鏡を覗くと、社務所の前にいる晃之介と紅の姿が映っていた。

彼らは話をしているようだが、耳を澄ませても声は聞こえてこない。

会話の内容はさっぱりわからないけれど、二人とも楽しそうに笑っている。

「二人とも機嫌がよさそうだ」

「そうですね」

安堵の笑みを浮かべたそのとき、鏡に映し出された二人に目が引き寄せられた。

なんと、晃之介と紅が社務所の陰でキスをしているのだ。

恋人同士なのだから、キスくらいするだろう。

けれど、ファースト・キスすらいまだ経験していない恭成には、二人のキスシーンがあまりにも衝撃的だった。

(まだキスしてる……)

見るのも恥ずかしいはずなのに、なぜか鏡に見入ってしまう。

身体を密着させ、唇を貪り合う二人から目が離せない。

「キスをしたそうな顔をしているな？」

「えっ？　そんなこと……」

意味ありげに笑っている光輝に、ブンブンと首を横に振ってみせる。

「そうでもなさそうだが？」

否定を聞き流した彼に、いきなり腰をグイッと抱き寄せられた。

わずかに仰け反った恭成に、彼が顔を近づけてくる。

「ちょっ……光輝さん、なにを……」

「恭成、おまえは可愛い」

熱い眼差しで見つめてくる光輝の唇が、まさに重なりそうになった瞬間、恭成は渾身《こんしん》の力を振り絞って腕から逃れ、さっと背を向けた。

「か……帰ります」

どうして彼は、急にキスなんかしようとしてきたのだろう。

跳ね上がった鼓動が、なかなか治まらない。

「恭成……」

すぐ後ろから聞こえた彼の声に、思わず身を硬くする。

今日の光輝はいつもと違う。

恐いというわけではないけれど、一緒にいないほうがいいような気がする。

けれど、帰りますと言ったところで、恭成には神殿の外に出る術《すべ》などないのだ。

「悪かった、送ろう」

腕をがしっと掴んできた光輝に、あっという間にご神木の裏へと連れてこられる。

「さようなら」

顔を見ることなく頭を下げた恭成は、急ぎ足で鳥居へと向かう。

光輝が自分にキスをする理由がわからない。

晃之介と紅のキスを見て恥ずかしがったから、面白がって試そうとしたのだろうか。

けれど、からかうだけならば、あんな本気の顔はしないように思える。

「本気……まさか……」

あまりにも唐突すぎて、考えがまとまらない。

まだ胸がドキドキしている。

少し歩調を緩めて鳥居を潜った恭成は、ゆっくり石段を降りていく。

「恭成、待ってくれ」

後方から聞こえてきた光輝の声に、思わず足を止めた。

このまま帰ってしまったら、本当にもう二度と会えなくなってしまうだろう。

でも、どうしても振り返ることができない。

「ぐあ――――っ！」

石段の途中で佇む恭成は、轟《とどろ》いた叫び声に不安を感じて恐る恐る振り返る。

「なっ……」

目に飛び込んできたのは、とうてい信じられない光景だった。

鳥居の真下で、光輝がばったりと倒れているのだ。

いったい、彼の身になにがあったのか。

目を疑う光景に、一目散に石段を駆け上がる。

「光輝さん？　光輝さん？」

「うっ……ぐぐっ……」

傍らに跪《ひざまず》いて声をかけるも、彼は呻《うめ》くばかりだ。

「光輝さん！　どうしたんですか！」

いくら身体を揺すっても、彼はびくともしない。

光輝は神さまなのだから、救急車を呼ぶのはまずいだろう。

ならば、晃之介を探して連れてこようか。

途方に暮れて行動を起こせないでいると、光輝が肩を大きく動かした。

「はぁ……」

「光輝さん、どうしたんですか？」

「すまな……い……俺を……神社の……中に……」

途切れ途切れながらも声を振り絞った彼が、恭成に手を伸ばしてくる。

けれど、彼の手は力尽きたようにパタリと落ちてしまった。

「恭……成、早……く……俺を……」

彼は今にも息絶えそうだ。

考えるだけで恐ろしく、にわかに身体が震え出す。

それでも、彼を助けなければと自らを鼓舞し、鳥居を潜った恭成は、倒れている光輝の腕を掴んで、悪戦苦闘の末どうにか神社の中に引きずり戻した。

「はぁ、はぁ……」

恭成は何度も大きく息を吐き出したが、それ以上に光輝の息が荒い。

彼の呼吸が、次第に浅くなっていく。

本当にこのまま死んでしまうのではないだろうか。

とてつもない恐怖に駆られ、両手で光輝の肩を揺さぶる。

「光輝さん、どうすればいいんですか？　僕にできることはありますか？」

「恭成……すまない俺と……」

歯を食いしばって最後の力を振り絞った光輝が、身体を起こして恭成に抱きついてきた。

と同時に突風にさらわれる。

「あっ」

恭成は咄嗟に彼にしがみついく。

トンと足裏から伝わる衝撃に目を開けると、先ほどまでいた神殿の中だった。

「光輝さん！」

恭成に抱きついていた光輝がズルズルと頽《くずお》れ、そのまま床に倒れ込む。

雅な衣裳を纏った、耳と尻尾がある稲荷神の姿に戻っていたけれど、まったく精気が感じられない。

「血……」

衣の袖から覗く光輝の腕をひと筋の血が伝っていた。

もしやと思って衣の衿《えり》を開くと、胸に火傷のような傷がある。

「どうしてこんな傷が……」

ご神木の裏まで送ってくれた彼は、しばらくしてから恭成を追ってきた。

呼び止めてきたときの声は、いつもと変わらない彼の声だった。

彼の身になにかが起きたのはその直後だ。

なにがあったのか知りたいけれど、彼は喋れそうにない。

それよりなにより、傷を負っている彼を助けなければ。

「手当てしないと……」

神殿に救急箱などないだろう。

でも、このまま放っておくことはできない。

背負っているデイパックを床に放り出す。

苦しげな光輝から離れるのは気が引けたが、一刻も早く傷口を拭いてあげなければと、神殿の中を探し回る。

そもそも、光輝が水を飲むかどうかもわからない。

日々の食事はどうしているのか。

風呂には入るのか。

もっといろいろなことを訊いておけばよかったと、いまさらながらに悔やまれる。

「あっ！」

廊下の向こうから、水が流れるような音が聞こえてきた。

駆け寄ってみると正面に小さな池と滝があるではないか。

「なにここ？」

廊下が途切れた先が、ちょっとした庭園になっている。

青い葉を茂らせる木々、色とりどりの花、そして純白の石畳。

神聖な場所のように感じられ、足を踏み入れるのが躊躇《ためら》われた。

けれど、遠慮している場合ではない。

池のそばにある手桶《ておけ》に気づいた恭成はたっぷりの水を汲《く》むと、急いで光輝のもとに戻った。

「光輝さん……」

部屋の真ん中で大の字になっている彼を見て、きつく唇を噛みしめる。

胸が激しく上下していて、ひどく苦しそうだ。

床に手桶を下ろし、光輝の脇に膝をついて顔を覗き込む。

目を閉じている彼の顔は、痛みに耐えているのか激しく歪《ゆが》んでいる。

「タオルなんかないよな……」

傷口の血を拭ってあげたいが、ポケットに入れているハンカチでは役に立ちそうにない。

「そうか……」

長袖のシャツを脱いだ恭成は、下に着ているTシャツをひとしきり眺める。

身につけていたものだから清潔とは言い難いが、綿のTシャツなら使えそうだ。

Ｔシャツを脱いで、長袖のシャツを羽織り、手桶に向き直る。

水にしっかり濡らして固く絞ったＴシャツを折りたたみ、光輝が纏っている衣の衿を大きく広げて胸を露《あら》わにした。

目を背けたくなるような痛々しい傷口の周りを、濡らしたＴシャツで拭いていく。

すでに血は止まっているようだが、傷口が赤く腫れ上がっている。

「冷やしたほうがいいのかな……」

肌についた血を拭き取り終えたところで、手桶の水でＴシャツを洗い、ギュッと絞る。

折りたたんだＴシャツを傷口にあてるが、すぐに熱を帯びてしまう。

恭成はＴシャツを水に濡らしては傷口を冷やすを繰り返す。

「光輝さん……」

もしかすると、彼が怪我をしたのは自分のせいかもしれない。

そんな思いがふと脳裏を過《よぎ》る。

自分を追いかけてこなければ、こんな傷を負わなくてすんだのではないだろうか。

苦しそうな彼を見ているのが辛い。

いつも凜《りん》としている光輝が苦しむ姿は見たくない。

「光輝さん、頑張って……」

歪む顔をひとしきり見つめ、静かに床から立ち上がる。

血で汚れた水を替えるため、手桶を持って庭園に向かう。

荒い呼吸が穏やかになり、苦悶の表情が消えるまで、光輝のそばにいようと恭成は心に決めていた。

＊＊＊＊＊

仰向けに横たわる光輝は、ゆっくりと目を開けた。

全身がわずかに痺《しび》れていて、胸に鈍い痛みがある。

かつて味わったことがない感覚に、天井を見上げたまま己の身になにが起きているのかをぼんやりと考えた。

「ああ、そうか……」

痛みの理由を思い出すと同時に、己の傍らでなにかが蠢《うごめ》くのを感じてわずかに頭を起こす。

「恭成……」

息も絶え絶えになりながらも、彼に救いを求めて神殿に連れてきてしまったのだった。

「これは……」

衣がはだけた胸元に置かれている布を手に取ってみると、うっすらと血が滲んでいる。

視線の端に手桶が映り、恭成が傷の手当てをしてくれたのだと察した。

彼はずっとそばにいてくれたのだ。

申し訳なさと愛しさがない交ぜになって込み上げてきた。

「恭成」

光輝の腹に顔を埋めて寝ている恭成の肩をそっと揺する。

「う……ぅん……」

ようやく目を開けた彼がハッとしたように息を呑み、勢いよく身体を起こす。

「恭成……」

目を瞠っている彼に笑顔を向け、光輝は床に片手をついて起き上がった。

「光輝さん！　無理をしたらダメです！」

さっと膝立ちになった彼が、身体を起こした光輝の肩に手を添えてくる。

まだ寝ていろということだろうが、彼にこれ以上は心配させたくない。

「大丈夫だ、おまえが手当てをしてくれたから、だいぶ楽になった。感謝する」

「本当に大丈夫なんですか？」

光輝は力強く言って笑って見せたが、恭成の表情は相変わらず不安げだ。

どうしたら、彼の心に安堵を取り戻せるだろうか。

「ああ、さほど痛みもない。それより、ここで夜明かしをさせてしまってすまなかった」

「そんなこと気にしないでください」

「だが、家族が心配しているのではないか？」

看病している途中で眠ってしまったようだから、家に連絡を入れたとは思えない。

外泊をしたことで彼が叱られたりしたら、あまりにも不憫《ふびん》すぎる。

「なんとでも言い訳できるから平気です」

恭成は意外にもあっさりと言ってのけた。

人間の家庭を想像するのは難しいが、思っている以上に彼は自由なのかもしれない。

「光輝さん……いったい、なにがあったんですか？　どうしてこんな身体に……」

急に神妙な面持ちになった彼が、生々しい傷に目を向ける。

救いを求めたうえに、手当てをしてもらったのだから、彼に嘘をつくことはできない。

光輝はすべてを打ち明ける覚悟を決めた。

「おまえを混乱させるような真似をしたことを詫びようと、我を忘れて結界を破ってしまったせいで罰を受けたのだ」

「結界？」

床に正座をした彼が、小首を傾げて見返してくる。

彼は長袖のシャツを羽織っているだけだ。

胸に置かれていた布は、彼が着ていたTシャツだったのか。

水のある場所を探し当て、自らの服を犠牲にして手当てしてくれたのだと思うと、胸がいっぱいになった。

「俺が神社の外に出られないのは、結界が張られているからだ」

「そうだったんですね……」

「俺が浅はかな真似をしたことで、おまえに迷惑をかけてしまった……」

光輝は唇をきつく噛みしめる。

晃之介と紅がくちづけしているのを見た恭成の表情にそそられ、衝動を抑えきれず迫ってしまった。

困惑も露わな彼の顔を目にし、早まったと思ったがもう手遅れだった。

彼はすべてを拒絶するかのように、背を向けたのだ。

弁解の余地はないと考え、ご神木の裏まで連れて行ったけれど、振り向くことなく歩く後ろ姿を見ていたら、居ても立ってもいられなくなった。

いきなりくちづけようとしたことをきちんと詫びなければ、もう二度と恭成と会えなくなってしまうだろう。

それだけはどうあっても堪えられず、我を忘れて追いかけてきたあげく鳥居の外に出てしまったのだ。

けれど、詫びるどころか、彼を不安にさせ、外泊までさせてしまったのだから心苦しい。

「迷惑だなんて……こうやってまた光輝さんと話ができるだけで僕は嬉しいです」

「恭成……」

光輝は言葉を続けることができず、迷い顔で恭成を見つめる。

いつもと変わらない笑みを浮かべる彼は、くちづけしようとしたことをどう思っているのだろうか。

微笑む彼を見ていると、ありったけの思いを吐露してしまいたくなる。

強まるいっぽうの思いを、胸に秘めたままにしておくのは辛《つら》い。

いったい、どうすればいいのだろうか。

「光輝さん？」

黙り込んでしまったのを不思議に思ったのか、恭成が微笑んだまま首を傾げる。

愛しくてたまらない。

これほどの思いを封じることなど、とうてい無理なのだ。

「俺はおまえを……俺がくちづけをしようとしたのは、からかったのでもなんでもなく、おまえを愛しく思う気持ちを抑えられなくなったからだ」

「光輝さん……」

恭成がハッと目を瞠る。

膝に置いた手をギュッと握りしめていた。

瞳には困惑が色濃く浮かんでいる。

「はじめは稲荷神に夢中のおまえを面白いと思った。だが、言葉を交わすほどに楽しさを覚えて、もっとおまえを知りたくなっていった。俺を見つめる純真な瞳、可愛らしい顔、屈託のない笑い声に、俺はどんどん惹かれて……おまえが好きだ……」

いっときも目を逸らすことなく彼を見つめ、思いの丈をぶちまけた。

彼は目を瞠ったまま微動だにしない。

答えなど訊かずともわかっている。

それでも、もう引き返すことはできなかった。

「人間のおまえを欲するのは間違いだとわかっている。だから、おまえに対する思いは胸に留めておこうと心に決めたのだ。それなのに、愛しさは募るばかりで、どうにもこの気持ちを隠しきれなくなってしまった……」

「でも、僕は……」

「わかっている。これは俺の一方的な思いであり、おまえに無理強いするつもりなどない。ただ、こんな俺が嫌でなかったら、また会いに来てくれないか？」

都合のいい話なのは百も承知だ。

勝手に好意を抱き、よければまた会ってほしいなどと言えば、恭成は困るだけだとわかっているのに、潔く諦めることができなかった。

「僕は……」

「いますぐ返事はいらない。いつでもいい……もし、俺に会いたくなったら、石像の前で手を三度、叩いてくれ、すぐにおまえを迎えに行く」

困惑も露わに見つめてきていた彼が、ふと項垂れた。

視線を合わせるのすら、もういやなのかもしれない。

明らかな拒絶の態度に、光輝は激しく落胆した。

けれど、これが現実なのだ。

受け入れるしかないのだと、自らに言い聞かせる。

「さあ、家族が心配しているだろうから、もう帰ったほうがいい」

「あの……ご神木まで移動するのに力を使うんですよね？　傷が開いたりしませんか？」

床から立ち上がった光輝を、恭成が正座したまま見上げてきた。

彼はどこまでも優しい。

こんなふうに気遣われたら、彼は迷っているのかもしれないと勘違いをしてしまう。

そんなことを考える往生際の悪い己が、恨めしくもあった。

「おまえは本当にいい子だな。だが、心配は無用だ、おまえを送ることくらいできる」

「よかった……」

「さあ、行くぞ」

安堵の笑みを浮かべた彼の腰をそっと抱き寄せる。

「あっ……」

小さな声をもらした彼とともに、ご神木の裏へと移動した。

「恭成、迷惑をかけてしまってすまなかった。気をつけて帰るんだぞ」

「はい……」

ぺこりと頭を下げた恭成が一度も振り返ることなく、ゆっくりとした足取りで鳥居のほうへと歩いて行く。

これが見納めかと思うと、光輝はとてつもない寂しさに襲われた。

「はぁ……」

やはり告白などせず黙っておくべきだったのではないかと、いまになって後悔する。

恭成と過ごした愉《たの》しい時間は、もう二度と訪れないのだ。

またひとり神殿で虚《むな》しい日々を過ごすしかない。

「あれ？　光輝さま、元気なさそうですけど、どうしたんですか？」

神殿に戻る気になれず境内を歩いていた光輝に、箒を手にした晃之介が声をかけてきた。

「晃之介……」

ぼんやりしていて彼に気づかず、ハッと我に返って苦笑いを浮かべる。

「血が滲んでますけど、大丈夫ですか？」

胸元に目を向けた彼が、眉根を寄せた。

彼に言われてシャツに目を向けると、赤い染みができている。

衝撃を受けたのは昨日のことなのだから、そう簡単に傷が癒えるわけもなく、しばらくおとなしくしているしかない。

「ああ、ちょっと怪我をしただけだ」

「見せてください」

「たいしたことはない」

光輝の言い分に耳を貸すことなく、箒を脇に挟んだ晃之介がシャツのボタンを外して胸元を露わにした。

「たいしたことはない？　この傷がですか？」

厳しい表情を浮かべる彼に、軽く肩をすくめてみせる。

「まったく……手当てをしますから、一緒に来てください」

ため息交じりに言った彼が、箒を手に社務所へと向かう。

いつもなら「余計なお世話だ」と言って断るところだが、ひとりになりたくない気分だった光輝は黙って彼についていった。

畳が敷かれた社務所の中で、救急箱を用意してきた晃之介と向かい合って座る。

彼は消毒液で湿らせた綿で、傷口を丁寧に拭っていく。

「いったい、どうしたらこんな怪我をするんですか？」

「結界を破ったせいだ」

「なんでそんなことを？」

信じられないと言いたげな顔をした晃之介に、誰かに訊いてほしい思いがあった光輝は一部始終を話して聞かせた。

どうせ呆れられるにきまっているが、それでも話してしまえば気持ちが楽になりそうな気がしたのだ。

「あの男の子に恋しちゃったんですね」

「いい子なんだよ」

傷口に薬を塗ってくれている彼の手元を見つつ、笑顔の恭成に思いを馳せる。

あの笑顔を見ることは、もう二度と叶わない。

心の中が空っぽになってしまったようだ。

「それにしても、うちの神さまはどちらも強引すぎます」

「じゃあ、どうすればよかったんだよ？」

呆れきっている晃之介を、ムッとした顔で見返す。

「好きだからキスしたいというのはわかりますけど、普通はきちんと告白をして、同意を得られてからのキスだと思いますよ。本当に好きなら、相手のことを考えてあげなければダメです」

きっぱりと言いきった晃之介が、消毒液や塗り薬を手早く片づけ、救急箱のフタをパタンと閉じる。

紅と恋仲になった晃之介の言葉は、恋愛経験者だからこその重みが感じられた。

「そうか……俺は急ぎすぎてしまったんだな……」

光輝はがっくりと肩を落とす。

くちづけしようとした衝動を抑えられなかったことも、溢れる思いを持て余したあげくに勢いで告白してしまったことも、ただただ悔やまれた。

「そう気を落とさずに。あの男の子はまるで脈がない感じでもなさそうですし」

「えっ？」

畳に正座をしてニコニコしている晃之介を、光輝は解せない顔で見つめる。

「光輝さまのお話を聞いたかぎりでは、充分にチャンスがありそうな気がします」

「本当にそう思うのか？」

「ええ」

彼はにこやかにうなずいた。

真に受けていいのだろうかと疑念を抱くが、晃之介は嘘をつくような人間ではない。

「とはいえ、恋を実らせるには辛抱も必要ですよ。少し待ってみてはいかがですか」

「そうだな。ありがとう、助かった」

助言を受けて少し気持ちが楽になった光輝は、礼を言って立ち上がる。

「こんなに素直な光輝さま、初めてです。恋をすると変わるものですねぇ」

嫌みな口調で言った晃之介が、にやにやしながら見上げてきた。

いつもなら言い返しているところだが、容易《たやす》く聞き流せるくらい気分がよくなっていた。

「世話になったな」

晃之介に声をかけて社務所をあとにし、静寂に包まれた誰もいない境内をのんびりと歩く。

「恭成は会いに来てくれるだろうか……」

本殿の前でに佇み、晴れ渡った青い空を眺める光輝は、無邪気に笑う恭成のことだけを思っていた。

第七章

「はーぁ……」

自室のベッドに寝転がっている恭成は、ため息ばかりもらしている。

光輝にいきなり告白されてから、家に閉じこもったまま五日が過ぎた。

ほぼ毎日のように外出していたせいもあり、母親に具合でも悪いのかと心配される始末だ。

「どうしたらいいいんだろう……」

あの日からずっと、心がざわめいている。

その理由がわからないから、日々、悶々としているのだ。

恋のひとつも経験したことがなく、告白されたのは生まれて初めてだった。

それも神さまからの告白だから平静ではいられない。

「いきなり好きって言われても……」

光輝のことは好きだけれど、それは憧れに似たようなもので、恋とは違う気がしていた。

でも、彼は恋愛の対象として自分を見ている。

お互いに「好き」だけど、その意味が異なるから困ってしまう。

「はぁ……」

ベッドに横たわったまま、右に左に寝返りを打つ。

「光輝さんに会いたいなぁ……」

自分に対してどういった感情を抱いていたとしても、稲荷神の光輝が特別な存在であることに変わりはない。

大好きな稲荷神に会いたい気持ちが、消え失せるなんてことはあり得ないのだ。

「でも……」

もし、意を決して告白をした相手から返事をもらえなかったら、自分はどう思うだろうか。

きちんと返事をしなければ、光輝も心穏やかでいられないはずだ。

大好きだけど、お付き合いはできません、というのもおかしな話だ。

返事をしないまま会ったのでは、光輝の恋心を踏みにじるような気がしてしまう。

「うーん……」

どうしたらいいのか、いくら考えてもわからない。

考えてばかりいるから、さすがに頭が疲れてきた。

「そういえば、光輝さんの傷、治ったのかなぁ……」

ふと思い出した恭成は、ガバッと起き上がった。

神さまとはいえ、あれだけの怪我がそう簡単に治るとは思えない。

息も絶え絶えだった彼を思い起こすと、不安に駆られてしまう。

「神殿にいたら治療なんてできそうにないし……」

ご神木まで送ってくれたときは元気そうに振る舞っていただけで、本当は苦しかったのではないだろうか。

「光輝さんはずっとひとりだったんだ……そばにいてあげたい」

神殿でひとり苦しんでいるかもしれないと思うと、じっとしていられなくなった。

あたふたとベッドを下り、机の上から取り上げたスマートフォンをデニムパンツのポケットに押し込み、椅子の背に引っかけてあるデイパックを掴んで部屋を飛び出す。

「出かけてきまーす」

いつもの癖で声をあげたけれど、家族はみな仕事に出ていて家には誰もいない。

玄関を出て戸締まりをした恭成は、愛用の自転車に飛び乗って〈那波稲荷神社〉を目指す。

傷口を拭いてあげることしかできなかったから、悪化している可能性もある。

途中で見つけたドラッグストアに立ち寄り、念のため塗り薬を買った。

この五日のあいだ、光輝は苦しんでいたかもしれない。

脇目も振らずペダルを漕ぎながら、彼が怪我をしていることを、どうして忘れてしまったのだろうかと悔んだ。

「はぁ……」

〈那波稲荷神社〉の駐車場に自転車を停め、肩で大きく息をついた恭成は、額に滲む汗を手の甲で拭う。

一生懸命、自転車を漕ぎすぎたせいか、膝がふるふると震えている。

こんな経験は初めてのことだ。

けれど、気が急いていて、膝の震えが治まるのを待てない。

自ら鼓舞して石造りの階段を駆け上がり、一礼して鳥居を潜った恭成は、手水舎で手を清める時間も惜しく感じ、真っ直ぐ狐の石像に向かう。

「光輝さん、会いに来ました。光輝さんに会いたいです」

石像の前で三度、手を打ち鳴らし、光輝に届けとばかりに目を閉じて強く念じる。

しばらくすると玉砂利を踏みしめる音が聞こえてきた。

静かに目を開けた恭成は、ご神木の裏から姿を見せた光輝に駆け寄っていく。

「光輝さん！」

「恭成、来てくれたのか……」

柔らかに微笑む彼はとても元気そうに見えたが、まずは本人に確かめる。

「傷の具合はどうですか？　まだ痛かったりします？」

「いや、恭成がつきっきりで手当てをしてくれたおかげで、もうすっかりよくなった」

「よかった……」

心配でならなかった恭成は、彼の言葉を聞いて胸を撫で下ろした。

こんなにも深い安堵のため息をもらしたことが、かつてあっただろうか。

光輝の元気な姿と変わらない笑顔を見て、心の底からよかったと思った瞬間、嬉しくて涙が溢れてきた。

「泣いたりしてどうした？」

「酷い傷だったから心配で心配で……」

「心配させてすまなかった」

「来るときにこれ買ってきたんですけど、使わなくてすみそうですね」

デイパックから取り出した塗り薬を彼に見せた恭成は、嬉し涙に頬を濡らしながらも微笑んでみせる。

「優しいな」

光輝に頭を撫でられ、こそばゆさに肩をすくめた。

「神殿に行くか？」

誘ってきた彼にうなずき返すと同時に、身体ごと突風にさらわれる。

次に目を開けたときには、あの見慣れた神殿の中だった。

「恭成……」

彼が腰を抱き寄せたまま熱い眼差しを向けてくる。

「俺の気持ちは変わっていない。それでもそばにいてくれるのか？」

恭成は唇をキュッと結び、彼を見つめた。

絶世の美男子なのに、狐の耳と尻尾がある。

やはり、光輝は特別な存在だ。

恋している自覚はないけれど、会いたい気持ちが募ったり、彼のことが気になってしまうのは、強く惹かれているからだろう。

「あの……僕は光輝さんが好きです」

「恭成？」

「あっ、違うんです。好きなのは確かなんですけど、恋しているかって言われると、なんか違うような気がして……」

一瞬、頬を緩めた光輝が、恭成の言い訳を聞いて瞳を曇らせる。

ぬか喜びさせてしまったようで、ちょっと申し訳なかった。

「好きと恋は違うと思うか？」

「うーん、それがよくわからないんです」

「俺にくちづけされたら嫌だと思うか？」

「そんなこと言われても……」

なにを訊かれても曖昧な答えしか返せず、自分でももどかしくなってくる。

恋を自覚するというのは、どんな感じなのだろうか。

明確な基準があればいいのにと思ってしまう。

「そうだな、悪かった。もう、この話は終わりにしよう」

埒《らち》があきそうにないと思ったのか、光輝は小さく笑うと床に腰を下ろした。

恭成は向かい合って正座をする。

彼のことだから、強引にキスをしてくるかもしれないとドキドキしていた。

それなのに、意外にもあっさりと引き下がったのは、彼の優しさなのかもしれない。

こうして彼と二人で過ごしていたら、いつか恋心が芽生えてくるのだろうか。

ただ好きが恋に変わる瞬間が訪れる日が来るなら、早く来てほしい。

そうすれば、うだうだ悩まなくてもすむ。

「せっかくの薬が無駄になってしまって申し訳ない」

「いえ、使わなくてすんでよかったです」

柔らかに微笑む彼に、明るい笑顔を向ける。

悩みが解決したわけではないけれど、久しぶりに光輝の顔を見て安堵した恭成は、幸せな気分に浸っていた。

＊＊＊＊＊

夜も更けてきたけれど、恭成を帰し難くなった光輝は本殿の屋根に連れ出し、二人で夜空を眺めていた。

「屋根の上から眺めると、同じ夜空も違って見えますね」

瓦屋根のてっぺんにちょこんと腰掛け、両の膝を抱えている恭成は、満面の笑みを浮かべている。

「そうか？」

「ええ、なんかとっても月や星が近くに感じます」

細いあごを突き出して夜空を眺める彼の横顔が、いつになく可愛い。

恋が成就したわけではないが、こうして一緒にいられるだけで嬉しい。

五日も音沙汰がなかったから、もう会いには来ないだろうと諦めていた。

会えない日々の虚しさを思えば、たとえ手に入れられなくてもかまわない。

ただ会いに来てくれればいいと、隣にいる恭成を見てそう強く思った。

「上手くいったみたいじゃないか」

突如、降ってきた声にギョッとし、光輝は険しい顔で見上げる。

「紅、なにしに来たんだ」

八咫鴉の紅が、人間の姿で瓦屋根《かわら》の上に立っていた。

久しく顔を合わせていない。

それなのに、恭成と一緒にいるところに姿を見せたから、嫌な予感がした。

「仲睦まじそうな二人が見えたんで、お祝いに来てやったんだよ」

「なんだよお祝いって、おかしなことを言うな」

にやにやしている紅を、光輝は睨みつける。

隣に座っている恭成は、不安げな顔をしていた。

さっさと紅を追いやったほうがよさそうだ。

「相変わらず素直じゃないな。その子と上手くいったんだろう？」

唇の端を引き上げた紅が、品定めでもしているかのようにじろじろと恭成を眺めた。

不躾な視線を感じたのか、恭成が肩を窄《すぼ》めて項垂れる。

「おまえには関係のないことだ。恭成が怖がっているだろ、早く失せろ」

「おい、小僧」

怒鳴りつけたにもかかわらず、紅は素知らぬ顔で恭成に声をかけた。

「は……はい……」

ビクッと肩を震わせた恭成が、恐る恐る顔を上げる。

「光輝は立場を忘れて結界を破るくらいの阿呆《あほう》だが、それだけ君に惚れ込んでいるということだ。末永く仲良くしてやってくれ」

身を屈《かが》めた紅に顔を覗き込まれ、恭成が身体を強ばらせた。

まったく、紅はなにを考えているのだ。

恭成を困惑させるような真似をした彼が、断じて許せない。

「おい、紅！」

「じゃあな」

光輝の声を無視した彼が、大きく翼を広げて屋根から飛び立つ。

「えっ？　羽？」

ヒューと高く舞い上がっていく紅を見て、目を丸くした恭成がふっと立ち上がる。

「あっ……」

不安定な瓦屋根のてっぺんで、彼が足を滑らせた。

「恭成！」

光輝が咄嗟に伸ばした手は空を切る。

「うわ――――っ」

屋根に尻餅をついた恭成が、そのまま滑り落ちていく。

「恭成！」

「こ……光輝さ……ん……」

どうにか屋根の端に両手でしがみついた彼は、宙ぶらりんの状態だ。

長くは持ちこたえられないだろう。

「恭成、俺が受け止めてやる、心配するな」

屋根のてっぺんから身を乗り出して声をかけた光輝は、瞬時に恭成の真下に移動する。

恭成までの高さは数メートルといったところだ。

そのまま真っ直ぐに落ちてくれれば、どうにか受け止められるだろう。

「さあ、いいぞ、手を離すんだ」

「で……も……」

下を見た恭成が躊躇う。

下手をしたら石畳に身体を叩きつけられるのだから、怯えるのはしかたのないことだ。

それでも、自らが受け止める覚悟を決めた光輝は、彼に向けて力強い声を放つ。

「大丈夫だ、俺を信じろ」

その声に意を決したのか、恭成が瓦から手を離した。

小柄な彼が真っ直ぐに落ちてくる。

顔がぶつからないよう首を反らし、両手でしっかりと恭成を受け止めた。

「くっ……」

落下の勢いに押され、恭成を抱き留めたまま石畳に倒れ込む。

「うぐっ」

恭成の体重がもろにのしかかり、胸の傷が激しく痛んだ。

傷はまだ完全には癒えていない。

恭成を心配させたくない思いから強がってみせたのだ。

「うぅ……」

絶え間なく襲う激痛に顔をしかめつつも、恭成を抱きしめたままゆっくりと起き上がる。

「恭成、怪我はないか？」

「光輝さん……」

コクンとうなずいた彼が、ひしと抱きついてきた。

よほど恐かったのだろう。

細い身体が小刻みに震えている。

「無事でよかった。もう大丈夫だ……」

震える彼を落ち着かせるため、何度も優しく背を撫でてやった。

月見をしようと誘って屋根に登ったりしなければ、彼はこんな恐い目に遭うこともなかっただろう。

身を震わせる彼が気の毒でならない。

「ありがとうございました。光輝さんがいなかったら僕は……」

「恭成、本当に無事でよかった」

震えと涙が止まらない彼を、光輝はいつまでも抱きしめる。

いまはそれくらいしか、できることがなかった。
「光輝さん……」
ようやく落ち着いてきたのか、恭成がゆっくりと顔を上げる。
大きな瞳は涙に濡れ、唇は色を失っていた。
不謹慎ながらも、くちづけたい衝動に駆られる。
「恭成……くちづけてもいいか？」
掌《てのひら》でそっと頬を包み込み、涙に潤む瞳を見つめた。
彼はなにも言わず、ただ見つめてくるばかりだ。
どれだけ見つめ合っただろうか。
気がつけば、どちらからともなく唇を寄せ合っていた。
「んっ……」
初めて味わう恭成の唇を、光輝は思う存分、貪る。
ふっくらと柔らかく、そして熱を帯びた唇にくちづけるほど、夢心地になっていく。
己の思いの深さを、唇を重ねて改めて思う。
恭成を腕に抱き、くちづけているのだ。
これが夢なら、覚めないでくれと願わずにはいられなかった。

「はふっ……」

長いくちづけに音《ね》を上げた恭成が、顔を背けて息を吐き出す。

彼の頬がほんのりと赤く染まっている。

唾液に濡れた唇が、妙に生々しい。

目が合った瞬間、恥ずかしそうに睫《まつげ》を伏せ、光輝の胸に顔を埋めてきた。

「あっ、血が……」

シャツに滲む血に気づいた恭成が、弾かれたように顔を上げる。

「気にするな、たいしたことはない」

「今の衝撃で傷口が開いたんですよ。早く神殿に戻りましょう」

光輝は笑ってみせたが、彼は腕を掴んで急かしてきた。

恐い思いをしたばかりなのだから、あまり心配をさせたくない。

彼が望むとおり、二人で神殿に戻る。

「傷を見せてください」

床に座った光輝は、言われるまま衣の衿を広げた。

チラリと目を向けると、塞がりかけていた傷口が開いて血が流れている。

「薬があってよかった」

傷口を確認した恭成が、背負い袋から取り出した薬を指先で塗ってくれた。

「完全に治っていたわけじゃなかったんですね……」

「心配しなくて大丈夫だ。この程度ならすぐに塞がる」

「でも、しばらく無理はしないでくださいね」

手当てを終えた彼が、衣の衿を整えてくれる。

思いのほか世話焼きの彼が、ことさら愛おしい。

「ああ、わかった」

光輝が真っ直ぐに見つめてうなずくと、恭成が急にしまったというような顔をして居住まいを正した。

「あっ、でも今回は僕のせいですよね、すみません……」

正座をしている彼が、手を揃えて頭を下げる。

なんて可愛いのだろう。

「恭成……誰よりもおまえが好きだ」

溢れ出す思いを口にした光輝が、身を乗り出して恭成を抱きしめる。

「光輝さん……」

彼は抗《あらが》わないばかりか、素直に身を預けてきたのだ。

「俺が好きか？」

腕の中で彼がコクンとうなずく。

ようやく彼を手に入れることができた。

あまりにも喜びが大きすぎて、どうにかなってしまいそうだ。

「恭成……」

彼の頬に手を添え、そっと顔を上向かせる。

見つめてくる彼の瞳に迷いはない。

それがなによりも嬉しく、光輝は目を細めた。

「光輝さん……」

まるでくちづけをねだるかのように、唇は薄く開いている。

誘われるまま唇を重ねた。

「んっ……」

恭成にしがみつかれて胸の傷が少し痛んだけれど、くちづけの心地よさにすぐに痛みなど忘れる。

唇を塞いだまま彼を床にそっと押し倒し、思うがままにくちづけを楽しむ。

「う……ふ……」

唇の合間からときおり零《こぼ》れる彼の吐息すら、この上なく心地いい。

愛しくてならない恭成とくちづけを交わす光輝は、かつて味わったことがない悦《よろこ》びに心を躍らせていた。

第八章

「あら、いまごろお昼ご飯？」

キッチンに入ってきた母親から声をかけられ、ひとりカップラーメンを啜《すす》っていた恭成は顔を上げた。

「うん、ちょっとね」

短く答え、また麺を啜る。

三時に光輝と会う約束をしているのだが、彼と過ごしているあいだはなにも食べ物を口にすることができない。

だから、出かける直前に食事をするようにしているのだった。

「仕事、早く終わったの？」

「えっ？　今日はお休みだって言わなかった？」

「そうだっけ……」

聞いたような気がしなくもない恭成は、曖昧に笑って肩をすくめる。

食卓を囲んでいるときは大いに盛り上がる仲のいい家族なのだが、誰もが必要以上に干渉しない。

だから、先日、怪我をした光輝の看病で無断外泊をしてしまったときも、あれこれ文句を言われずにすんだ。

「ねえ、本当に入学式に行かなくていいの？」

向かいに腰を下ろした母親が、テーブルに両手を載せて身を乗り出してくる。

「親が一緒なんて恥ずかしいから来なくていいってば」

「でもお兄ちゃんたちのときは出席したのよ」

いつも恭成の返事が同じだから、母親は少し不満げだ。

三人兄弟の末っ子のときだけ、大学の入学式に出ないというのは不公平だと思っているのだろうか。

そもそも、合格した大学に進むことに反対してきたのに、どうして入学式にこだわるのか理解できない。

「お母さんは出たいの？」

「まあ、息子の晴れの日だし、そりゃあ親としてはやっぱり出たいわよ」

「じゃ、一緒に行こう」

そこまで言われてしまったら、拒絶するのも申し訳なくなってくる。

それに、入学式に出席するということは、母親も考えが変わったのかもしれない。

「いいのね？」

「うん」

「それなら、新しいスーツを買わないと……」

恭成がうなずいて笑うと、母親は急にそわそわし始めた。

「新しい洋服が欲しいだけなんじゃないの？」

「そんなことないわよ」

息子からからかわれても、嬉しそうな表情は変わらない。

母親が入学式に参列するのは、少し気恥ずかしいけれど、これも親孝行と思えばいい。

「ごちそうさま。今日はちょっと遅くなるから、晩ごはんはいらないよ」

楽しげな母親に声をかけ、カップラーメンの空容器と割り箸を持って立ち上がる。

ゴミを捨ててテーブルから取り上げたスマートフォンをポケットに入れ、椅子の背にかけておいたデイパックを掴む。

「行ってきます」

「はい、行ってらっしゃい」

母親に見送られ、キッチンをあとにする。

行き先はいつも言わない。

どうせまた神社に行くのだろうと思っているのか、母親もあえて訊いてこない。

最近は訊かれると困ることばかりだから、放任主義の親を本当に有り難く思う。

「さーてと……」

玄関を出て愛用の自転車に跨がった恭成は、一路〈那波稲荷神社〉を目指す。

「早く会いたいなぁ……」

ペダルを漕ぎながらも、光輝のことばかり考えている。

本殿の屋根の上で足を滑らせたあの日、自分にとって光輝が誰よりもたいせつな存在だと気づいた。

光輝は大怪我をしているにもかかわらず、自らの身を挺《てい》して屋根から落ちた恭成を受け止めてくれた。

衝撃で傷口が開いてしまったのに、彼は恭成のことだけを気遣い、恐怖に震える身体を抱きしめ、落ち着かせてくれたのだ。

あのとき光輝がいてくれなかったら、屋根から落ちた自分は死んでいたかもしれない。

助けてもらった安堵と、これからも光輝に会える喜びを、彼の腕の中ではっきりと感じた。光輝は失いがたい存在。

稲荷神として「好き」なのではなく、光輝が「好き」なのだとようやく自覚したのだ。

「はぁ、はぁ……」

一目散に自転車を走らせる恭成の額に、瞬く間に汗が滲んでくる。

恋心に気づき、キスを交わしたあの日から、〈那波稲荷神社〉に日参している。

会いたくて、会いたくてしかたがない。

光輝の傷もすっかり癒え、もう心配する必要もなくなったから、会うのが楽しくてならないのだ。

「ふぅ……」

やっと赤い奉納のぼり旗が見えてきた。

あと少しで光輝に会える。

そう思うだけで疲れが吹き飛んだ。

駐車場に自転車を停め、鳥居を目指していそいそと石段を上がっていく。

一礼をして鳥居を潜ると、晃之介が箒で境内を掃除していた。

「こんにちは」

「こんにちは、お参りご苦労様です」

挨拶をした恭成に、晃之介がにこやかに頭を下げる。

そういえば、彼に会うのは久しぶりだ。

よくよく思い出してみると、光輝と会う方法がわからなくて、助けを求めたあの日を最後に会っていない。

きちんとお礼しなければと思い、恭成は彼に歩み寄っていく。

「あの……この前は……」

「光輝さまに会いにいらしたんですか？」

礼を言おうとしていたのに笑顔で訊かれ、一瞬にして顔が真っ赤に染まる。

光輝との関係が、もうバレてしまっているのだろうか。

そういえば、屋根の上で月見をしていたとき、突如、現れた紅も、恋仲になったと決めつけているような言い方をした。

「ぼ……僕は……」

素直に認めればいいものを、なんだか照れくさくて言葉が続かなくなる。

「おにーたまー」

遠くから子供の声が聞こえてきた。

目を凝らしてみると、紅が小さな子供を抱っこしている。

あれは、前に境内で遭遇した男の子だ。

（あの子は確か……）

人間の姿で現れた紅を、あの子は「おとーたま」と呼んだことを思い出す。

あの日はあれこれ考える余裕もなかったけれど、紅と男の子は親子なのだろう。

（神さまにも子供がいるんだ……）

なんとも不思議な気分で眺めていると、石畳に下ろされた男の子が、晃之介に向かって走り出した。

「おにーたまー」

「こんにちは」

突進してきた男の子を、晃之介が箒を手にしたまま抱き留める。

男の子は満面の笑みで晃之介を見上げていた。

まるで母親のように懐いている。

「ここにいるということは、光輝と上手くいっているんだな」

近づいてきた紅が、恭成を一瞥してきた。

端正な顔立ちながらも視線が鋭く、思わず怯みそうになる。

いつも穏やかな晃之介が好きになったくらいだから、紅も優しいところがあるのだろう。

そうは思っても、視線が鋭いうえに威圧的な口調だから、つい引き気味になる。

「あっ、あの……先日はどうもありがとうございました。権禰宜さんと紅さんのおかげで光輝さんと会うことができたのに、なかなかお礼を言う機会がなくて……」

「可愛らしいだけでなく、礼儀正しいところに光輝は惚れたのかもしれない」

ぺこりと頭を下げた恭成を見て、紅が肩を揺らして笑う。

やはり晃之介と紅は、自分と光輝の関係を知っているようだ。

光輝が彼らに教えたのかもしれないと、恭成は疑いを抱く。

べつに知られて困ることではないけれど、知られていると思うとひどく気恥ずかしい。

彼らに話したことを、光輝も先に言っておいてくれればいいのにと、少しばかり恨みがましい思いになる。

「こんなところで、なにをしているんだ？」

ふと姿を現した光輝が、恭成と紅のあいだにズイッと割り込んできた。

約束の時間になっても合図の三拍手が聞こえないから、光輝は心配して神殿を出てきたのだろうか。

「なにって、おまえの恋人に挨拶をしているだけだが？」

「こ……恋人って……俺はひと言も……」

紅から平然と言い返された光輝が、言い淀んだあげく唇を噛む。

「恋人じゃないのか？」

「あっ……いや……」

紅からさらに突っ込まれ、言葉を詰まらせた光輝はそっぽを向いた。

登場したときはかなり強気だった彼も、紅を前にしてタジタジだ。

恭成を恋人扱いした紅に対して、光輝は肯定も否定もしなかった。

もしかして、まだ紅にはなにも教えていないのかもしれない。

それなら、どうして紅は恋人だと決めてかかったのだろうか。

彼らのやり取りを見ている恭成は、わけがわからなくなった。

「きつねさん、あそぼー」

退屈してしまったのか、男の子が光輝の手を握って引っ張る。

どうやら、あの子は光輝の正体を知っているだけでなく、懐いているようだ。

「暁月……」

光輝が困り顔で男の子を見下ろす。

父親であろう紅が止めないところから、光輝がいつも子供と遊んでやっているのだろうと察せられる。

男の子と光輝は仲がいいように感じられるが、紅とはどうなのだろうか。

「あの……紅さんと光輝さんって仲が悪いんですか？」

彼らのことが気になる恭成は、遠巻きに見ている晃之介にこそっと訊いてみた。

「そんなことありませんよ。お互いに素直じゃないだけです」

声を潜《ひそ》めて答えてくれた晃之介が、悪戯っぽい笑みを浮かべる。

彼の言葉には、妙な説得力があった。

光輝と紅は、どちらも我が強そうだなと思う。

何百年ものあいだ〈那波稲荷神社〉の神として祀られてきたのだから、それぞれに自尊心があってとうぜんのことであり、仲が悪いわけではないのだろう。

「暁月、俺は忙しいからお兄ちゃんに遊んでもらえ」

ひょいと男の子を抱き上げた光輝が、晃之介に向き直る。

「晃之介、頼んだぞ」

「はい、はい」

遊び相手を任された晃之介が、男の子をしっかりと受け止める。

ちょっと残念そうな顔をしていた男の子も、晃之介に抱っこされるとすぐに笑顔を取り戻していた。

「恭成、行くぞ」

「は、はい」

声をかけてくるなり歩き出した光輝に、恭成は慌てて返事をし、改めて紅と晃之介に頭を下げる。

「本当にありがとうございました」

礼を言ってその場を離れ、ずんずんと先を歩く光輝を追いかけた。

けれど、ふとあることを思い出して足を止める。

「恭成？」

「あの、まだお参りしてないんですけど……」

振り返ってきた彼は、恭成が足を止めた理由を知って呆れ気味に笑う。

「俺と直《じか》に会っているのだから、参拝など必要ないだろう」

「それもそうですね」

確かに一理あると思い直し、彼と一緒にご神木の裏側に回る。

「さあ、行くぞ」

「あっ……」

光輝が腰を抱き寄せてくると同時に吹き抜けていった風にさらわれ、あっという間に神殿に移動した。

耳と尾がある雅な姿の彼と顔を見合わせて笑った恭成は、背負っているデイパックを下ろして床に腰を下ろす。

いったい、何度ここを訪れただろうか。

神殿の内部を知り尽くしたわけではないけれど、すっかり落ち着ける場所になっている。

「さっきの男の子って、紅さんの子供なんですよね？」

「ああ」

片膝を立てて床に座った光輝が、笑顔でうなずく。

ぴょこんと立っている耳と、ときおりゆさゆさと揺れる太い尾に、つい目がいってしまう。

彼はいつどこで、どのように変身しているのだろうか。

いまだに、その瞬間を目にすることができないでいる。

たぶん、瞬間移動をしている最中だと思われる。

ただ、風が吹いた瞬間、目眩に襲われるため確認できないのだ。

どうあっても変身するところを見たいわけではないが、光輝に対する好奇心は増していくばかりだった。

「神さまに子供がいるなんて知りませんでした」

「いや、いろいろ事情があって、紅が親代わりになって暁月を育てているだけだ」

「あかつき君って、どういう字を書くんですか？」

その事情とやらを根掘り葉掘り訊いてはいけない気がし、恭成はデニムパンツのポケットからスマートフォンを取り出す。

「夜明け前の時間帯を暁というだろう？　その暁に月と書いて暁月だ」

「この字ですか？」

「ああ、そうだ」

漢字を表示させた画面を見せると、彼がすぐにうなずき返した。

ずっと神殿で過ごしてきた彼が、どこまで最新技術を駆使した機器を把握しているのかはわからない。

スマートフォンにとくに興味を示すでもなければ、次々に写真や文字が表示されても平然としている。

稲荷神は特別な力を持っているから、いまの人間にとって欠かすことのできない便利な機器も、驚きに値しないのかもしれなかった。

そのうち、彼と一緒にゲームができるかもしれないと、そんなことを考えてしまう。

「紅さんがつけてあげた名前なんですか？」

「そうだと思う」

「紅さんて見かけによらず優しい……あっ……見かけによらずとか……」

失礼な言葉が思わず口を突いて出てしまい、恭成はにわかに焦る。

「気にするな。確かにあいつはちょっと冷淡に見えるからな」

光輝が笑って聞き流してくれたので、胸を撫で下ろした。

「そういえば、あの人たちに僕と付き合っているって話しました？」

「いや、とくには……どうしてそんなことを訊くんだ？」

「なんかさっきは二人とも、僕と光輝さんが付き合っているっていう前提で話をしてたみたいだから……」

「そういえば、紅も決めつけていたな……」

彼らのことが気になっている恭成は、どうしてなのだろうかと首を捻《ひね》る。

光輝もなにか考えているのか、遠くを見つめていた。

「ああそうか、晃之介にちょっとおまえのことを相談したことがあるんだ。それでかもしれない」

しばらくして、合点がいったように彼がうなずく。

相談の内容は確かめなくても、一連のことを考えればおおよその想像がついた。晃之介は紅と恋仲にあるから、光輝は恋愛相談をしたのだろう。

「そうなんですね」

「あいつらに知られたくなかったか？」

ふと表情を険しくした彼に、恭成は笑顔で首を横に振ってみせる。

「そんなことないです。ただ、あの人たちが知ってるのかどうかわからなくて、答えに詰まったりしちゃったから……」

「すまない、俺のせいで……」

「いいんですよ。知られてるんだったら、あの人たちの前でも光輝さんの恋人でーすって堂々としていられますから」

大袈裟《おおげさ》に胸を張り、真っ直ぐに彼を見つめた。

神さまと人間のカップルだから、世間的には隠しておかなければならない。

でも、同じ立場の紅と晃之介の前では、こそこそする必要はないと思ったのだ。

「恭成は可愛いな」

「そっちに行ってもいいですか？」

柔らかに微笑んでうなずいた彼が、軽く腰を浮かせて胡座《あぐら》をかく。

立ち上がるのも面倒で、四つん這いになって彼の前に行き、胡座の真ん中に座ると尻がすっぽりと収まる。

すぐに抱きかかえてくれた光輝が、長いふさふさの尾を恭成の身体に巻きつけてきた。

「なんか落ち着く……」

両の手でしっかりと尾を抱きしめ、手触りのいい先端に頬を寄せる。

父親が幼子をかまってやっているかのような格好だが、広い胸に背を預けているのは、なんとも言い難い安定感があった。

光輝に抱かれ、毛並みの整った長い尾を存分に楽しむのが日課になりつつある。

「あっ！」

「どうした？」

突然、声をあげた恭成の顔を、彼が驚いたように覗き込んできた。

尾を抱きしめたまま身を捩《よじ》り、彼の顔を見上げる。

「光輝さんって、なにも飲んだり食べたりしないんですか？」

「酒は呑むぞ」

「えっ？　ここにお酒があるんですか？」

思いのほかあっさりと返ってきた答えに、恭成は目を丸くした。

神さまに酒を供えることを考えれば、光輝が酒を飲むこと自体は驚きではない。

ただ、神殿で暮らしているのに、どうやって酒を手に入れているのだろうかという疑問が湧いたのだ。

「こちらの世界にも酒蔵があって、定期的に運ばれてくる」

「へぇ……」

またひとつ知識が増えた。

光輝には訊きたいことがたくさんありすぎて、毎日のように質問攻めにしている。

それでも、まだまだ知らないことがあった。

「神さまって本当にお酒が好きなんですね」

「まあ、命の水みたいなものだからな」

「じゃあ、食べ物は？　ご飯はどうしているんですか？」

「食べ物は口にしない」

「そうなんですね……」

素っ気ない光輝の答えに、恭成は肩を落とす。

まだ未成年だから、酒の相手はできない。

それでも、食事くらいならと思っていただけに残念だ。

「残念そうだな？」

恭成の肩に彼があごを載せてくる。

耳をかすめた優しい声音に、項垂れている恭成は軽く身震いした。

「光輝さんと一緒に食事ができたら楽しいかなって……」

「食べずにいても平気なだけで、食べることはできるぞ」

恭成がパッと顔を起こすと、光輝が驚いたように身を引く。

彼の腕の中で身を捩り、満面の笑みで見つめる。

「本当ですか？　じゃあ、今度、いなり寿司を持ってきますね」

「いなり寿司？」

光輝が眉根を寄せて首を傾げる。

喜ぶと思っていたのに、意外な反応だった。

「お稲荷さまって、油揚げが好きなんですよね？」

「そう言われているな」

「ただの言い伝えですか？」

「よその稲荷神はどうか知らないが、俺はべつに油揚げを好んではいないぞ」

「そうなんだ……」

真顔で答えた彼を見つつ、なるほどとうなずく。

稲荷神に油揚げは欠かせないものと思ってきたけれど、人間に好き嫌いがあるように彼らにも好みがあるのかもしれない。

「まあ試してみるのも面白そうだな」

「そうですよね、もしかしたら気に入るかもしれないですし」

本当に興味があるのかどうかは怪しいけれど、一緒になにかを食べられるのは素直に嬉しい。

ただ二人きりで会話をしていても楽しいのに、食事をしながらならもっと楽しいにきまっている。

「恭成……」

顔を覗き込んできた彼を、満面の笑みで見つめた。

「せっかく訪ねてきてくれても、ここでは話をすることくらいしかできないから、退屈なのではないか？」

急に神妙な顔をしたりして、どうしたのだろうか。

毎日が楽しくてしかたないのに、光輝には伝わっていないのかもしれない。

「退屈なわけないじゃないですか！　大好きな光輝さんと会って話ができるのが、僕は楽しみでしかたないんですよ」

「本当か？」

「楽しくなかったら、通ってきたりしません」

きっぱりと言い切ると、ようやく光輝が安堵の笑みを浮かべた。

「俺が好きか？」

熱い眼差しを真っ直ぐに見つめ、大きくうなずき返す。

「恭成……俺もおまえが好きだ」

視線を絡め合ったまま頬に手を添えてきた彼に、そっと唇を塞がれる。

「んっ……」

恋心に気づいてから、繰り返されてきたキス。

唇を重ね、ねっとりと舌を絡め合っているだけで、胸の奥がじんわりと熱くなってくる。

その熱さが、なんとも心地いい。

唇を重ねるほどに、光輝が好きなのだと実感した。

「ふっ……ん」

キスをしたまま床に押し倒してきた彼が、ふわりと覆い被《かぶ》さってくる。

恭成は無意識に両手を彼の背に回して抱きしめた。

ときおり、ふさふさの尾が手をかすめる。

「恭成……」

「光輝さん……」

息を触れ合わせるようにして互いの名を呼び、ひとしきり見つめ合い、そして再びどちらからともなく唇を塞ぐ。

キスに没頭したいのに、長い尻尾が徒《いたずら》に恭成の手をかすめてくる。

くすぐったくてたまらず、尾ごと光輝を抱きしめ直した恭成は、いつまでも甘いキスに溺れていた。

第九章

「はぁ、はぁ……」

〈那波稲荷神社〉の石段を駆け上がり、一礼して鳥居を潜った恭成は、いつもどおりに参拝をすませてご神木の裏に向かう。

光輝は参拝しなくても同じだと言ったけれど、素通りするのはなんだか気が引けてしまい、毎回、きちんと手を合わせるようにしていた。

それに、本殿で三拍手すると光輝が気づいてくれるから、狐の石像の前で再度、三拍手する必要がなくなり、ほんのわずかではあるけれど時間の短縮になる。

「光輝さん、こんにちは」

「待っていたぞ」

すでにご神木の裏まで来ていた光輝が、嬉しそうに笑って迎えてくれた。

相変わらずの美男子だけど、本来の姿を知ってしまったからか、狐の耳と尾がないと物足りなく感じてしまう。

どちらの光輝も格好よくて好きなことに変わりはないのだが、稲荷神本来の姿はやはり特別感があった。

「昨日は来られなくてすみませんでした」

申し訳ない思いがある恭成は、深々と頭を下げる。

初めてキスを交わしたあの日から、〈那波稲荷神社〉に日参していた。

けれど、昨日は母親から急に買い物に行くから付き合うようにと言われてしまったのだ。

ただの買い物であれば絶対に断っていた。

ただ、今回は恭成のための買い物だった。

大学の入学式に着るスーツを買うと言われてしまえば、さすがに付き合わざるを得ない。

問題は光輝に、急用で来られないと伝えられないことだ。

そんなこともあって、さっさと買い物をすませ、少し遅くなってからでもいいから訪ねて行こうと思っていたのに、母親と二人で晩ごはんを食べて帰る羽目に陥ってしまっていた。

「具合でも悪かったのか？」

「いえ、急に母親と大学の入学式で着るスーツを買いに行くことになってしまって……」

「そうか、具合が悪いのかと心配していたが、そうでなかったのならよかった」

安堵の笑みを浮かべた光輝が、恭成の腰に手を回してくる。

すぐに強い風に巻き込まれ、神殿へと連れて行かれた。

瞬間移動にはもう慣れたけれど、とんと神殿の床に足が着いたときには、やはり不思議な気分になる。

「いい匂いが漂っているな」

雅な姿になっている光輝が、デイパックに興味を示す。

狐の耳と尾があるだけで可愛らしいのに、子供のように鼻をクンクンさせているのだからたまらない。

「いなり寿司を買ってきたんです。一緒に食べましょう」

「おっ、また買ってきてくれたのか」

破顔した彼が、さっそく床に片膝を立てて座る。

恭成は背負っているデイパックを肩から外し、彼の向かいに腰を下ろした。

たった一日、会えないだけで寂しさを感じていたから、こうして顔を見られたのが嬉しくてたまらない。

「なんか光輝さんといなり寿司を食べるのが楽しくて……」

膝に置いたデイパックから、いなり寿司のパックが入ったレジ袋を取り出す。

油揚げはさほど好きではないと言っていた彼も、先日、恭成が買ってきたいなり寿司は「美《う》味《ま》い、美味い」と言って食べてくれたのだ。

彼はずっと酒以外ほとんど口にしてこなかったらしく、どんな味覚をしているのか定かではないけれど、喜んで食べてくれたのでよしとした。

「飲み物を用意させよう」

光輝が座ったまま軽く振り返ると、間もなくして薄衣《うすぎぬ》を被って顔を隠した小柄な女性がしずしずと姿を現す。

黒髪を後ろで束ねていて、巫女《みこ》のような衣裳を纏っている。

神殿に通うようになってから何度か目にしたが、光輝の説明によると稲荷神の世話をする女官らしい。

光輝以外に誰もいないと思っていたから、初めて見たときは驚いたけれど、世話係と言われれば納得する。

なにしろ彼は稲荷神なのだから、誰かしら仕えるものがいて当たり前なのだ。

女官が運んできた艶やかな朱色の脚つき膳には、酒器と杯、それに、清らかな水を満たした椀《わん》が載っている。

恭成はレジ袋からいなり寿司のパックを取り出し、フタを止めている輪ゴムを外して脚つき膳に載せ、彼と自分の前に割り箸を置いた。

「先日のとは少し色が違うな？」

さっそく、いなり寿司を割り箸で挟み取った光輝が、しげしげと見つめる。

「神社のすぐ近くに和菓子屋さんがあったので、今日はそこで買ってみました」

「なるほど、いなり寿司も店によって違うのだな」

大きくうなずいた彼が、いなり寿司を頬張る。

もぐもぐと口を動かしている彼を見つつ、恭成もいなり寿司を頬張った。

「光輝さんは、どっちが好きですか？」

「甲乙つけがたいが、こちらのほうが美味い気がする」

「ホントですか？　僕もこっちのほうが好きです。ちょっと甘めなのがいいですよね？」

好みが同じだったことが嬉しく、浮き浮き顔で二個目を口に運んだ。

彼は自ら杯に酒を満たし、ゆっくりと味わう。

早く一緒に酒が呑めるようになりたい。

美味そうに酒を呑む光輝を見ると、いつもそう思った。

「それにしても、誰が狐の好物は油揚げだって言い出したんでしょうね？」

「確かにおかしな話だが、美味いからいいではないか」

気にするなと言いたげな光輝と、顔を見合わせて笑う。

いなり寿司は美味しい。

光輝と二人で食べるいなり寿司は、もっと美味しい。

恭成は幸せな時間を噛みしめる。

「そういえば、間もなく大学の入学式なのだろう？」

「はい、来週です」

「大学が始まると毎日、通うようになるのか？」

杯を手にしたままこちらを見つめる彼は、どこか心配そうに見える。

大学生になったら、会えなくなってしまうのではと思っているのかもしれない。

「そうですね。それにアルバイトも始めないといけないから、いままでのように長く一緒にいるのは無理かも……」

恭成は軽く肩をすくめた。

家に生活費を入れる約束になっているから、アルバイトをすることは確定していた。

神職に就くための資格が取れる大学に進むのは、はっきり言って恭成の我儘《わがまま》だ。

だから、それを許してもらった代わりに、自ら生活費を入れると断言した。

生活費と小遣いを稼ぐために、しっかり働かなければならないのだ。

大学に通いながらアルバイトをしたとして、どれくらい自由な時間が作れるのかすら想像がつかないでいる。

「毎日でなくとも、おまえに会えれば俺はそれでいい」

「でも、休みの日もあるから、光輝さんと二人でゆっくりできるときもありますよ」

恭成はことさら明るい口調で言って、椀に満たされた水を飲む。

日々、こつこつと稼ぐのもいいし、土曜と日曜の休みに、目一杯、アルバイトをするのもひとつの手だろう。

そうすれば、大学の帰りに光輝に会いに来ることができる。

ただし、都合よくアルバイトが見つかればの話だ。

「どちらにしろ、今のうちに思いきり楽しんでおいたほうがよさそうだな」

酒を呷《あお》って杯を脚つき膳に置いた光輝が、意味ありげな視線を向けてくる。

酒は水代わりだと言ってのけた彼は、いくら呑んでもまるっきり酔わない。

でも、今日は少しばかり雰囲気が違っているように感じられる。

「今日はどうなのだ？」

「ゆっくりできますけど……」

「それはなにより」

急にどうしたのだろうと不思議がっている恭成に、にやっと笑って脚つき膳を避《よ》けた光輝がズイッと迫ってきた。

「光輝さん？」

驚きに目を瞠った瞬間、唇を奪われ、そのまま押し倒される。

「んんっ……」

いつになく深く唇を貪られ、身体の奥が痺れてきた。

酒の甘い香りに惑わされそうになる。

「あっ……光輝さん、なにを……」

キスに溺れていた恭成も、デニムパンツ越しに己の内腿を這う光輝の手に気づいてハッと我に返った。

「愛しいおまえのすべてが欲しい」

眼差し、吐息、触れる手のすべてが熱い。

彼を見つめる恭成は、ゴクリと喉を鳴らす。

いくら恋愛未経験の童貞であっても、今の光輝がなにを望んでいるかくらいは理解できる。

付き合い出してからしばらく経つし、数え切れないくらいキスをしているけれど、あまりにも急すぎて心の準備が追いつかない。

「ちょ……ちょっと……」

恭成は内腿に触れている彼の手を必死に押さえる。

「おまえと会い、言葉を交わし、くちづけできるだけで幸せだった。だが、おまえが愛しすぎて、もう我慢できないのだ」

胸の内を吐露した光輝は、どこか苦しげな表情をしていた。

彼はキス以上の行為を望みながらも、恭成を気遣い自制してきたのだろう。

優しさが身に染みる。

「で……でも……僕は……」

困惑も露わに光輝を見返す。

「身を任せるのは恐ろしいか？」

「な、なにも知らないから……」

恥じらいつつも正直に答え、そっと顔を背けた。

光輝が大好きだ。

その気持ちに嘘偽りはない。

けれど、いざ身体を求められたら、すんなりとうなずくことはできない。

性に対して、あまりにも疎《うと》すぎるのだ。

頬に手を添えてきた彼に、顔を正面に戻される。

あまりにも恥ずかしくて、彼の目を直視できずに睫を伏せた。

「恐れることはない。誰よりも愛するおまえに、俺はけっして恐い思いなどさせない」

耳をかすめた熱い吐息交じりの声に、恭成は静かに目を開ける。

好きな人と身体をひとつにするというのは、いったいどんな感覚なのだろうか。

愛し合う恋人たちや夫婦は、あたりまえのように身体を重ねる。

きっと、とても自然な行為なのだろう。

誰にでも初めてのときがある。

恐いのは未知の世界だからだ。

けれど、そこへ導いてくれるのが好きでたまらない光輝ならば、なにを恐れる必要があるだろうか。

「光輝さん……」

少し頬を引きつらせながらも微笑んだ恭成は、自ら頭を起こして光輝の唇を塞ぎ、広い背に両の手を回す。

「んんっ……」

時間をかけた優しいキスで、緊張している心と身体を解きほぐしてくれる。

キスをしているだけなのに、身体のそこかしこが熱を帯びてきた。

こんな昂揚感は、かつて味わったことがない。

甘く痺れた身体から、次第に力が抜けていった。

「恭成……」

ひしと抱きしめられ、一瞬、息が詰まる。

「はぁ……えっ？」

ひと息ついて目にしたのは、天蓋から垂れ下がる優美な赤い布。

光輝の力によって、ベッドへと連れてこられたのだ。

柔らかな布団に横たわる恭成は、向き合って寝ている彼をおずおずと見つめる。

艶やかな衣裳を纏っていたはずの彼が、いつの間にか白い薄衣に着替えていた。

身体の線が浮かび上がるほど薄い衣に、羞恥を煽られる。

「光輝さん……」

熱っぽい彼の視線に気づき、慌てて顔を背ける。

豪奢な天蓋付きのベッドで、薄衣一枚の光輝に抱かれているのは恥ずかしいばかりだ。

これから彼とすることを理解しているから、余計に恥ずかしい。

「恭成、恥じらうおまえがいつになく可愛い……」

甘い声音で囁いた彼が、愛おしげに見つめてくる。

薄い衣越しに、彼の温もりが伝わってきた。

安堵感に包み込まれ、羞恥が薄れていく。

「恭成……おまえが欲しい」

「んっ……」

重ねられた唇を抗うことなく受け止め、大好きな光輝を抱きしめる。

その手に、ふさふさの尾が触れた。

蕩《とろ》けるようなキスに溺れる恭成は、無意識に長い尾を撫《な》でる。

「っ……ん……ふ……」

キスを交わすほどに、淫らな音が響く。

幾度も互いに舌を絡め合い、唇を貪り合う。

光輝に抱かれてキスをするのが、これまでになく気持ちいい。

なにも考えられなくなるほど、キスに夢中になっていた。

「恭成、覚悟はできたのか？」

熱に潤んだ瞳で彼を見つめる。

改めて訊いてきたのは、無理強いをしたくないと思う彼の優しさからだろう。

知らないことに挑戦するのだから、恐くないといえば嘘になる。

でも、とうに覚悟は決まっていた。

「はい」

しっかりとうなずき返した恭成は、再び彼に唇を奪われる。

「ふっ……んんっ」

執拗《しつよう》なキスに自然とあごが上がった。

繰り返されるキスに、いつしか胸の奥から込み上げてきた熱が、全身に広がっていく。

「あふ……っ……」

キスを止めることなく身体をずらした光輝に、恭成はあっさりとを仰向けにされた。

シャツとTシャツを脱がされ、上半身が露わになる。

さらには、デニムパンツのボタンを外した彼に下着もろとも一気に下ろされ、ついでとばかりに靴下まで脱がされ、瞬く間に一糸纏わぬ姿にされた。

さすがに消え入りたいほどの羞恥を覚え、寝返りを打とうとしたけれど、大きな手で股間を包まれ身体が硬直してしまう。

「んっ」

身を強ばらせたのは、ほんの一瞬でしかなかった。

己を包み込んだ手が、ゆっくりと動き出したのだ。

光輝によって施される手淫《しゅいん》に、そこから痺れが広がっていく。

「あっ……やっ……」

たまらずキスから逃れ、唇を噛みしめる。

自慰とはまったく異なる、身体の芯を揺さぶるような強烈な快感に、恭成はきつく目を閉じたままいやらしく腰を上下左右に振った。

「ふ……ぁ……」

光輝の掌の中で、己があさましくも熱を帯びてくる。

「う……んん」

裏筋からくびれ、さらには早くも頭をもたげた先端を丹念に撫でられ、恭成は腰の揺れが大きくなっていく。

下腹の奥深くで生じた熱が、塊となって押し寄せてくる。

首を大きく反らし、痺れる指先で布団を掻きむしる。

「あっ……あぁ……」

唇から零れるのは、聞いたこともないような甘ったるい声ばかり。

とても自分の声とは思えないほど淫らで、羞恥を煽る。

「あ……くふっ……」

とてつもない快感が己で弾け、恭成は咄嗟に光輝の胸にしがみついた。

どこよりも敏感な鈴口《すずぐち》を、彼が指の腹で抉《えぐ》ってきたのだ。

苦しいほどに気持ちがよく、我を忘れる。

こんな感覚を味わうのは初めてだった。

「いい顔をしている」

耳に吹き込まれた楽しげな光輝の声に、全身がカッと燃え上がる。

執拗な愛撫に、先端からは蜜が溢れ出していた。

どこもかしこも熱くて、己は焼けたかのようにジンジンしている。

強い刺激を知らないそこは早くも限界に近く、悲鳴をあげていた。

「くっ……んんんっ……」

終わることのない愛撫に、恭成は額に玉のような汗を滲ませ身悶《みもだ》える。

「もっといい顔を見せてくれ」

そう言うなり身体を起こした光輝が、投げ出している恭成の足を大きく割ってあいだに入ってきた。

達せそうで達せない辛さに顔を歪めつつも、彼の動きが気になり熱に潤む瞳で見つめる。

足のあいだで膝立ちになっている彼が、ゆっくりと身を屈めてきた。

なにをする気だろうと考える間もなく、己をすっぽりと咥《くわ》えられた恭成は、あまりの衝撃に全身が凍《い》てついたかのように固まる。

「ひっ……」

驚きが大きすぎて息ができない。

汚れた場所を、神さまが舐《な》めている。

あってはならないことだ。

それなのに、気持ちがよすぎて彼を制止できないでいる。

「ああっ、あぁ……ぁ……ああっ……」

張り詰めた先端を舐め回され、腰がガクガクと震えた。

「ひゃっ……あっ、あっ……」

きつく窄められた唇が、先端から根元へと下りていく。

生温かな口内に己を含まれているだけでも心地いいのに、濡れた唇で扱《しご》かれるのだからたまらない。

繰り返される口淫で彼の口から唾液が溢れ、静かな寝室に淫らな音が響く。

逃げ出したいほど恥ずかしい。

けれど、光輝から与えられる快感から逃れたくはなかった。

「ひゃ――っ……」

舌先で鈴口を思い切り抉られ、炸裂した快感に腰を大きく突き出す。

早く達したい思いしかなかった。

「はっ、はっ……」

口淫に夢中の光輝は、いつまで経っても達する機会を与えてくれない。

己で弾け続ける快感が、逆に辛くなってきた。

光輝の尖った耳を掴み、彼の頭を押しのけようと試みる。

「邪魔をするな」

頭を起こした彼が、笑いながら窘《たしな》めてきた。

もう、どうしたらいいのかわからない。

硬く張り詰めた己は疼くばかりで、このまま続けられたらどうにかなってしまいそうだ。

「あっ……」

改めて股間に顔を埋めた彼が、痛いほどに痺れている己を咥え、窄めた唇で扱いてくる。

「やっ……っ……ぁあ……」

上下する唇に擦られる己は、もう爆発寸前だ。

股間で渦巻く射精感に、抗うのは難しい。

「光輝……さ……ん……」

我慢の限界を超えそうになったそのとき、彼が己を咥えたまま恭成の尻の奥へと指を滑り込ませてきた。

「ひぃ……」

喉の奥から引きつった声をもらし、身を捩って逃げ惑う。

自分でも触れたことがない、己以上に汚れた場所を彼が弄《いじ》っているのだ。

でも、いくら逃れようとしても、己をすっぽりと咥えられていては無理な話だ。

「くっ……」

唐突に秘孔《ひこう》を指で貫かれ、身体が大きく跳ね上がる。

双玉から伝い落ちた光輝の唾液で濡れていたそこは、なんなく指を呑み込んでいった。

耐えがたい異物感ときつさに顔をしかめる。

「やっ……光輝さん……気持ち悪い……」

恭成は必死に不快感を訴えた。

でも、彼は耳を貸すことなく、どんどん指を奥深くに進めていく。

「あふっ」

秘孔を貫きながら、なんと彼はまだ熱を帯びたままの己を咥え直した。

からかうかのように先端を舐め回し、舌先でくびれをなぞってくる。

己で感じているのは、紛れもない快感。

秘孔で感じているのは、言いようのない不快感。

どうして彼は、快感だけを味わわせてくれないのだろう。

「んっ……くぁ」

秘孔を貫く指を動かされ、痛みが駆け抜ける。

己では変わらず快感が弾けているのに、秘孔を弄る指に気を取られ、どこでなにを感じているのかわからない。

「あっ……そこ……なっ……」

光輝が指を動かした瞬間、下腹の奥で熱の塊が炸裂した。

まるで達したかのような感覚に襲われる。

それなのに、まったく吐精していなかった。

気持ちがいいのに酷く苦しい。

繰り返される刺激に、額から冷や汗が滴《したた》り落ちる。

「はっ……あぁっ……んんっ……」

わけがわからないまま、喘《あえ》ぎ続けた。

「辛いか？」

顔を上げた光輝に、コクコクとうなずき返す。

「もう達していいぞ」

そう言って熱の楔《くさび》と化している己をすっぽりと咥えた彼が、頭をゆっくりと上下に動かし始める。

「ああっ……ふっ……ぁ……」

意識のすべてが射精感が高まっている己に向かう。

達したい一心で、小刻みに腰を前後させる。

「あっ……出……ちゃう……」

唇で絞り込むようにして己を扱かれ、下腹の奥から押し寄せてきた荒波に屈した。

「はうっ」

恭成は極まりの声をもらし、腰を浮かせたまま彼の口内にすべてを解き放つ。

神さまの口に精を放ってしまった。

けれど、口淫での吐精はこれまで味わったことがない心地よさで、神さまに対して無礼だとかを考える余裕もなくなっていた。

ぶるっと小さく身震いし、呆《ほう》けたように天井を見つめる。

「はぁ、はぁ……」

かなり呼吸が乱れていたけれど、それすら心地いい。

「う……くっ」

余韻に浸る間もなく、恭成は顔をしかめた。

身体を起こした光輝が、秘孔を貫いていた指を引き抜いたのだ。

「恭成……」

膝立ちになっている光輝が、神妙な面持ちで見下ろしてくる。

彼らしくない真剣な表情に、いったいどうしたのだろうかと、荒い息を繰り返しながら瞳を瞬かせた。

「俺は愛するおまえと、いますぐひとつになりたい。いいのだな？」

この期に及んでまで同意を求めてきた光輝が、いままで以上に愛おしく感じられる。

たいせつに思ってくれているのがわかるから、嬉しくてたまらない。

互いの心は通じ合っている。

だから、ひとつになりたいと心から思う。

「はい」

笑顔で光輝を見上げる。

安堵の笑みを浮かべた光輝の尾が、背後でパタパタと揺れ動く。

喜んでくれている彼を迎えるため、恭成は静かに両手を差し伸べる。

「いい子だ」

破顔した彼が、勢いよく恭成の足を担ぐ。

驚きに瞠った瞳に、白い薄衣に覆われた彼の怒張《どちょう》が映った。

あまりの大きさに、一瞬にして身体が強ばる。

(すごい……)

あれを受け入れるのかと思ったら、さすがに恐怖を覚えた。

「恐くなったか？」

「少しだけ……」

「正直だな。不安がる必要はないが、恐いなら目を閉じているといい」

「はい」

束の間、視線を絡めてから、恭成はしっかり目を閉じる。

光輝にすべてを任せればいい。

彼を信じていれば、ちっとも恐くなどない。

「力を抜いていろ」

彼の言葉に従って息を吐き出すと、秘孔に熱の塊のようなものがあてがわれた。

彼の怒張だろうと容易に想像がつく。

あまりの熱さに怯んでしまったけれど、大丈夫と自らに言い聞かせ、大きく息を吐く。

「いくぞ」

短く言い放った彼が、一気に腰を押し進めてきた。

「はぅ」

勢いがよすぎて、細い身体が大きく仰け反る。

指とは比べものにならないほど逞《たくま》しい怒張は、秘孔に激痛をもたらした。

「やっ、あああぁ――――」

駆け抜けた堪えがたい痛みに、叫び声を響かせる。

秘孔に穿《うが》たれた灼熱の楔から逃れようと、恭成は激しく足掻《あが》く。

それなのに、彼はかまわず身体を重ねてきた。

恭成の脇に両手をついて身体を支え、そのまま最奥《さいおう》をがつんと突き上げてくる。

柔襞《やわひだ》に感じる強烈な痛みと込み上げてくる嗚咽《おえつ》に、噴き出してきた汗に全身が濡れた。

「無……理……もっ、やめ……」

「痛みはすぐに治まる」

光輝がいまは信じられない。

これほどの痛みが、そう簡単に消えるとはとうてい思えないのだ。

「嘘……光輝さんの嘘つ……」

痛みに耐えかねて光輝の腕をパンパンと叩いていたら、ふさふさの尾が額や頬を撫でてくる。

「あふっ……」

くすぐったさに吐息をもらし、悪戯な尾を握りしめた。

「それで遊んでいればいい」

尾を抱き込んだ恭成は、光輝を見上げて笑う。

手触りのいい長い尾は、泣く子を黙らせる玩具のようなものだ。

抱いているだけで安心感が生まれる尾を、改めてギュッと胸に引き寄せる。

「続けるぞ」

微笑む彼がにわかに腰を使い始めた。

「くっ……」

唐突な動きに痛みが駆け抜け、つい尾の先に噛みついてしまう。

不思議なことに、痛みが少し和らいだ。

それを見計らったかのように、光輝が腰の動きを速めていく。

布団の上で大きく身体を揺さぶられながらも、長い尾をしっかりと抱きしめて痛みが去るのを待った。

「あ……んっ」

奥深いところを幾度となく突き上げられ、吐息混じりの声がもれる。

熱を帯びた怒張に擦られる柔襞、突き上げられる最奥のどちらもが、気がつけば甘く痺れていた。

「ひ……っ……」

達したばかりの己を、光輝は握ってくる。

「こちらも忘れてはいないぞ」

抽挿《ちゅうそう》を繰り返す光輝が楽しげに言うなり、握った己を扱き始めた。

吐精を終えて萎えかけていた己が、驚いたことに熱を帯びてくる。

「んん……ふんっ……あぁ……」

己に快感が舞い戻ってきた。

秘孔の痛みをいつしか忘れた恭成は、抱きしめた尾に顔を埋めて腰を揺らす。

信じられないくらい気持ちいい。

どうしてこんなふうに感じてしまうのだろう。

日に二度も射精をしたことなどなかったけれど、いまは達したくてたまらなかった。

「あっ……もう……光輝さん……」

下腹で渦巻く射精感に意識を奪われていく。

きっと触れているのが大好きな光輝だから、こんなにも感じてしまうのだ。

「恭成……」

切羽詰まったような声をもらした光輝が、腰の動きをことさら速めてきた。

勢いのある突き上げに、恭成の身体がより激しく揺さぶられる。

リズミカルな手淫に、頂点が見えてきた。

「やっ……ああっ……出る……も……出ちゃう……」

恭成は無我夢中で腰を振る。

「恭成、俺と一緒に……」

息を乱している光輝の抽挿がどんどん速まった。

強烈な快感を得ている恭成の腰が、自然に彼の動きに同調していく。

もう痛みは消え去っていた。

感じているのは光輝とひとつになれた悦びだけだ。

「あうっ」

「んっ……ぐ……」

恭成とほぼ同時に極まった声をあげた光輝が、グッと腰を突き出してくる。

吐精の心地よさに浸る中、光輝の熱い精が注がれた。

「はぁ……」

光輝が盛大に息を吐き出す。

浮かんでいるのは苦悶の表情だったが、それはほんの一瞬にすぎなかった。

すぐに顔を綻ばせた彼が、放心状態の恭成に身体を重ねてくる。

「恭成……」

耳をかすめた吐息に、小さく肩を震わせた。

身体は疲れ切っているのに、なんて晴れやかな気分なのだろう。

幸せすぎて涙が溢れてくる。

「恭成？」

光輝が心配そうに顔を覗き込んできた。

「光輝さん、大好き……」

両の手で彼の首を搦《から》め捕り、頭を起こして唇を塞ぐ。

嬉し涙だったと気づいたのか、彼が情熱的なキスで応えてくれる。

ねっとりと舌を絡め合う。

何度も唇を啄《ついば》み合う。

生まれて初めての体験は、このうえない幸せをもたらしてくれた。

「はふっ」

いつまでも終わらないキスに音を上げて唇から逃れた恭成は、呼吸を整えながら光輝を見つめる。

「疲れたのではないか？」

気を遣ってくれた彼に、

「ちょっとだけ……」

軽く肩をすくめてみせた。

「少し休むといい」

優しく微笑んだ彼が繋がりを解き、そっと胸に抱きしめてくれた。

薄衣越しに伝わってくる鼓動はまだ荒く、行為の激しさを物語っている。

きっと、彼も同じくらい疲れているのだろう。

愛しい光輝の胸に頬を寄せ、乱れた鼓動に耳を傾けつつ目を閉じた恭成は、いつしか深い眠りに落ちていた。

第十章

深い眠りを貪っていた恭成は、身体に鈍い痛みを覚えて目を覚ます。

「う……ん……」

どうしたのだろうか。

頭はすっきりしているにもかかわらず、下半身がやけに怠《だる》いのだ。

毎日のように自転車を走らせているから、よほどのことがないかぎり筋肉痛になったりしない。

こんなふうに、目覚めに身体の違和感を覚えたのは、本当に久しぶりのことだった。

「ふう……」

鈍い疼きを放つ腰を摩《さす》りながら目を開けた恭成は、ハッと息を呑む。

なんと、すぐ目の前に光輝の顔があったのだ。

目を閉じている彼は、すやすやと心地よさそうな寝息を立てている。

なぜ彼がここにいるのだろう。

そう思った瞬間、昨夜の出来事が脳裏に浮かんだ。

(光輝さんと……)

次から次へと、昨夜のことが事細かに蘇《よみがえ》ってくる。

思い出すだけで恥ずかしくて顔が赤くなったけれど、心はこれまでになく満たされていた。

大好きな光輝と身も心も結ばれた喜びが、とめどなく込み上げてくる。

彼の穏やかな寝顔を見ているだけで、幸せな気持ちになった。

あの日、〈那波稲荷神社〉を訪れた恭成の前に光輝が姿を現さなかったら、恋する気持ちとか、愛される悦びを知らずに終わっていたかもしれない。

(お爺ちゃん、お稲荷さまに会えたんだよ……)

ふと、幼いころに聞いた言葉を思い出し、心の中で天国にいる祖父に話しかけた。

天国から見てくれている祖父は、稲荷神と恋仲になった孫のことを、どう思っているのだろうか。

(お墓参りもしばらく行ってないなぁ……)

しばらくぶりに祖父と話がしたくなった。

そういえば、大学に合格したことも、神職を目指していることも報告していない。

大学が始まる前に、墓参りに行こうと心に決める。

「あっ……」

物思いに耽《ふけ》っていた恭成は、眠っている光輝の尖った耳がヒクヒクッと動くのを目にし、思わず頬を緩めた。

狐の耳と尾があるときの彼は、やはり可愛いという表現がよく似合う。

ふさふさの尾をそっと抱き寄せ、頬をすり寄せる。

尾の心地よさを存分に楽しめるのは、自分にだけ与えられた特権だ。

「うん……」

小さな声をもらした光輝が、静かに目を開けた。

「すみません、起こしちゃって……」

尾を胸に抱き込んだまま、愛してやまない彼を見つめる。

「早起きだな」

目を細めて微笑んだ彼が、恭成に覆い被さってきた。

「んっ……」

そのまま唇を塞がれる。

触れ合わせる唇、逞しい光輝の重み、伝わってくる温もりばかりか、下肢の気怠さまでが心地よく感じられた。

「光輝、光輝、いないのか？」

隣室から聞こえてきた紅の声に、恭成と光輝はガバッと起き上がり顔を見合わせる。

「きつねさーん、どこー」

暁月の声まで聞こえてきた。

光輝が彼らを神殿に招いたとは思えない。

どうしていきなり訪ねてきたのだろうか。

「ここにいたのか」

暁月を抱っこしている紅が、寝室にずかずかと入ってきた。

（えーっ、なんでー）

素っ裸の恭成は、慌てて掛け布団を引き寄せ身体を隠す。

とんでもないところを見られてしまった。

恥ずかしくて顔を上げられないでいる。

「ああ、一緒だったのか、すまなかったな」

恭成に気づいた紅は素直に詫びたが、寝室を出て行く気配がない。

掛け布団の端を掴んだまま、呆然と紅を見上げる。

突然の乱入には驚かされたが、彼の姿にはもっと驚いた。

普段の光輝と同じように雅な平安風の衣裳を纏っている紅の背には、艶やかな黒い翼があるのだ。

耳と尾がある稲荷神の光輝と、翼がある八咫鴉の紅を目の当たりにした恭成は、改めて自分が異なる次元にいることを実感する。

「いきなり神殿にやってくるなど、失礼千万だぞ」

布団の上で片膝を立てた光輝が、不機嫌な声をあげて紅を睨みつける。

纏っている薄衣がはだけて脚が剥《む》き出しになっているけれど、怒りに駆られている光輝は気にしたふうもない。

「いきなり来たことは詫びる。暁月がどうしてもおまえと遊びたいと言ってきかないんだ」

我が子に駄々を捏《こ》ねられ、紅はどうすることもできなかったようだ。

光輝と二人でベッドにいることを、からかってくるわけでもないから、本当に困り果ててのことなのだろう。

「そうは言っても……」

深いため息をもらした光輝が、救いを求める視線を恭成に向けてくる。

初めて彼と迎えた朝だから、もう少し余韻に浸りたい気持ちはあるけれど、これからいくらでも二人きりで過ごす時間はあるのだ。

「暁月君、こっちにおいで」

布団で身体を隠したまま、恭成は両手を大きく広げる。

「わーい！」

満面の笑みを浮かべた暁月を、胸を撫で下ろしたような顔つきで紅が床に下ろす。

「おにーたまー」

トコトコと近づいてきた暁月が、ボスッと布団に飛び込んできた。

あどけない顔で真っ直ぐに見上げてくる。

こんなに幼い子と、どうやって遊べばいいのかわからない。

けれど、いつも静まり返っている神殿が、暁月のおかげで賑やかになって、なんだかとても楽しい気分だった。

「せっかくだから晃之介を呼んでくる」

そう言い残した紅が、さっと寝室をあとにする。

さすがに晃之介の前で、素っ裸でいるのは不味《まず》いだろう。

「光輝さん、服を着るあいだ暁月君をお願いします」

「ああ」

軽くうなずいた光輝が、暁月を抱き上げる。

「きつねさんのおみみー」

はしゃぎ声をあげた暁月が、光輝の耳を小さな手で掴んで弄び始めた。

光輝は嫌がるでもなく、暁月の好きにさせている。

なんとも微笑ましい光景につい顔が綻んだが、彼らを見ている場合ではない。

ベッドから下りた恭成は、床に落ちている下着やシャツを手早く身につけていった。

「向こうに行っているぞ」

暁月を抱っこしたままベッドを下りた光輝が、寝室を出て行く。

素早く手ぐしで髪を整えて彼らのあとを追うと、暁月が床をパタパタと叩いている長い尾にじゃれついていた。

恭成は彼らから少し離れたところで正座し、遊んでいる様子を眺める。

光輝はいつものように華麗な衣裳を纏っていて、なにごともなかったかのように床に膝を立てて座っていた。

晃之介が訪ねてくるとあって、さすがに光輝も気を遣ったのだろう。

互いにきちんと服を着ていれば恥ずかしくない。

紅が晃之介を連れて戻ってきても大丈夫だ。

「こら、うごいたらだめー」

光輝がからかうように動かすふさふさの尾を、床に膝をついている暁月が、必死に捕まえようとしていた。

暁月に向ける光輝の瞳がとても優しく温かで、思いのほか子供が好きなのだとわかる。

「おはようございます」

光輝と暁月に気を取られていた恭成は、突如、聞こえた晃之介の声にハッと顔を上げた。

晃之介は長袖のシャツにデニムパンツを合わせたカジュアルな格好で、権禰宜の装束を纏っているときより若く見える。

「お……おはようございます」

私服姿の晃之介に、ぺこりと頭を下げた。

権禰宜の仕事は朝早くから始まるはずだ。

私服で現れたということは、仕事が休みなのだろう。

週末は限定の御朱印を求める参拝者で賑わうから、彼は平日に休みをもらっているのかもしれない。

「朝早くから本当にすまない」

迷惑をかけている自覚があるのか、紅はかなり低姿勢だ。

気難しそうな雰囲気があったから、ちょっと意外だった。

「いいからそこに座れ」

気にするなと笑った光輝が前を指差し、紅と晃之介が並んで床に腰を下ろす。

「暁月、こっちだ、こっちだ」

光輝がわざと暁月から尾を遠ざける。

「しっぽさん、まってー」

逃げる尾を追う暁月の愛らしさに、見ている誰もが頬を緩めた。

「あっ……」

駆け回っていた暁月が足を滑らせて転び、みなが一同に声をあげる。

「暁月!」

「暁月君!」

もっとも近い場所にいる光輝が手を差し伸べるより早く、暁月がむくりと起き上がった。

「へへっ」

照れくさそうに笑った彼が、床に打ち付けた膝をパンパンと叩く。

「大丈夫か?」

「だいじょーぶー」

心配そうに声をかけた紅に満面の笑みで答えた暁月が、再び光輝の尾で遊び始める。

泣き出すだろうと思っていたから、恭成はおおいに胸を撫で下ろす。

光輝たちも同様に、安堵の笑みを浮かべていた。

「ああ、そうだ晃之介」

「はい？」

急に光輝から名前を呼ばれた晃之介が、軽く首を傾げる。

「恭成のことなんだが、大学で資格を取って神職に就きたいらしい」

「えっ？　そうなんですか？」

光輝の話を聞いた晃之介が、恭成に驚きの顔を向けてきた。

「それで、大学が始まったら、同時にアルバイトを始めるということなんだが、ここで働かせてやってはくれないか？」

「光輝さん、そんなこと……」

唐突すぎる話に、恭成は困惑気味に光輝を見つめる。

アルバイト先を心配してくれるのは嬉しかったけれど、いきなり頼まれたりしたら晃之介にしても困るだけだ。

「これから大学に通うんですか？」

「はい、もうすぐ入学式なんです」

「もしかして、渋谷の？」

「はい、そうです」

「ホントに？　じゃあ、僕の後輩になるんだ」

恭成と短いやり取りをした晃之介が、弾んだ声をあげた。

「権禰宜さんも大学に通って資格を取ったんですか？」

「大学に行ったほうが友達もできていいかなと思って」

「そうなんですね。なんか〈那波稲荷神社〉と縁があって嬉しいです」

晃之介と顔を見合わせて笑う。

神職に就くには、神道系の大学に通うか、もしくは神職養成所に入るかして資格を取る必要がある。

ただし、実家が神社の場合は推薦という形で、大学の神道学専攻科で一年学ぶか、養成講習会で一ヶ月の講座を終えれば神職の資格が取れるのだ。

晃之介は実家を継ぐため神職に就いたと光輝から聞いていたので、宮司である父親の推薦を得て資格を取ったのだとばかり思っていた。

「神職に就けば光輝といつも一緒にいられるという算段だな」

急に口を挟んできた紅が、意味ありげに唇の端を引き上げる。

「そうではないぞ。恭成が神職に就くと決めたのは、俺と出会う前のことだからな」

ムッとした顔ですぐさま言い返した光輝は、紅を睨めつけた。

「なるほど、不純な動機ではないということか」

「当たり前だろ」

睨み合う光輝と紅をよそに、晃之介がツツッと恭成に近づいてくる。

「アルバイトってお小遣いを稼ぐため？」

「それもあるんですけど、大学生になったら家に生活費を入れる約束をしているので、そのぶんを稼がないといけないんです」

「えーっ、すごいなぁ……僕なんていまだ家に一円も入れてないのに」

驚いた晃之介が目を瞠って見返してきた。

大学の後輩になるとわかったからか、彼は急に砕けた口調になったけれど、丁寧な言葉遣いよりも親近感が湧く。

「まあ、親も安い給料で働かせているから、生活費を入れろとは言えないんだろうけど、僕も少し考えたほうがいいかもしれない」

「でも、入れなくてすむならそのほうがいいですよ。僕は神道系の大学に進ませてもらうかわりに、生活費を入れるって約束をしただけなので」

べつに光輝たちに聞かれて困る話でもないのに、気がつけば晃之介と顔を寄せ合い声を潜めていた。

「晃之介、それでアルバイトの件はどうなんだ？」

いきなり光輝が割って入ってきたのは、ほったらかしにされて機嫌を損ねたからだろうか。

晃之介とのお喋りに夢中になってしまったことを、ちょっと申し訳なく思う。

「父に相談してみないとなんとも言えません。でも、たぶん無理じゃないかなぁ……」

「アルバイトのことは気にしないでください。自分で探しますから」

「ごめんね」

詫びる晃之介に、いいのだと笑ってみせる。

彼はいい人だなと改めて思う。

それに、神職に就いている彼なら、なにかと頼りになりそうだ。

「あれ？　いつの間にお酒なんか……」

ふと床に目を向けると、いつ女官が運んできたのか知らないが、酒器が載った盆が置かれていた。

晃之介と話をしているあいだ、光輝と紅は勝手に酒盛りを始めていたようだ。

そういえば、光輝の尾で遊んでいた暁月はどうしたのだろうか。

「暁月君、寝ちゃったんですね」

「ホントだ」

長い尾を抱きしめたまま床で寝ている暁月を見た恭成は、晃之介と顔を見合わせて笑う。

神殿には穏やかで幸せな時間が流れている。

「さて、暁月も遊び疲れておとなしくなったから、そろそろ戻るか」

酒を呷って盃《さかずき》を盆に戻した紅が、光輝の尻尾を抱いてスヤスヤと眠っている暁月をそっと抱き上げる。

「突然、邪魔して悪かった」

「お邪魔しました」

詫びた紅に続き、晃之介が笑顔で暇を告げた。

酒を呑んでいる光輝は、彼らを引き留めるでもない。

「あれ？」

光輝に目を向けていたのはほんの一瞬なのに、もう紅たちはいなくなっていた。

音もしなければ、空気さえ動いていない。

光輝と移動するときは風にさらわれる感じなのだが、彼らの場合は忽然《こつぜん》と姿を消したという言い方が相応《ふさわ》しかった。

「せっかくの朝だというのに、騒がしくなってしまってすまなかったな」

「そんなことありませんよ。紅さんたちと仲良くなれたし、楽しかったです」

「それならいいが」

盃を盆に戻した光輝が、ちょいちょいと手招きをする。

首を傾げつつそばに行くと、いきなり腰を抱き寄せられた。

「なっ……」

力任せに引っ張られて慌てたけれど、胡座をかいた彼の股に尻がすっぽりとはまって安堵する。

「そろそろ帰らないとまずいのではないのか？」

光輝が両の手を恭成の腹に回し、肩にあごを載せてきた。

どこか寂しげなその声音に、とびきりの笑みを浮かべて振り返る。

「まだ大丈夫ですよ」

できることなら帰りたくない。

ずっとずっと光輝のそばにいたい。

けれど、それはとうてい無理な話だ。

早く帰ったほうがいいのはわかっている。

いくら放任主義の親でも、無断外泊を重ねたら厳しいことを言うだろう。

「すみません、連絡だけしときますね」

親だけでなく光輝も安心させたい思いから、恭成はスマートフォンを取り出して短いメッセージを母親に送った。

「便利なものだ」

スマートフォンを使う様子を見て、彼が感心したのは初めてだ。

確かに、彼がスマートフォンを持っていたら便利に違いない。

けれど、いつでもどこでも彼と連絡がつくなんて想像ができないし、なぜか想像もしたくなかった。

ご神木の裏まで送ってもらって神社を出てしまえば、もう光輝の声を聞くこともできないから、よけいに会いたい気持ちが募るのだ。

一生懸命、〈那波稲荷神社〉まで自転車を走らせ、参拝をすませたところでようやく再び光輝と会うことができる。

思いを募らせるだけ募らせてペダルを漕ぐのは楽しく、再会できたときの嬉しさはなににも代えがたかった。

「光輝さん……」

スマートフォンを床に置き、身体を捩って両の手を彼の首に絡める。

「恭成……」

ひとしきり見つめ合い、吸い寄せられるように唇を合わせた。

「んっ……」

口内をくまなく舐められ、搦め捕った舌をきつく吸われる。

鼓動が速まり、体温が上がっていく。

愛しくてたまらない光輝に抱かれ、唇を寄せ合うだけで喜びが込み上げてくる。

しがみつくようにして甘いキスを交わす恭成は、かつてないほどの幸せな気分にいつまでも浸っていた。

神さまたちとの特別なひととき

愛用の自転車で〈那波稲荷神社〉にやってきた恭成《きょうせい》は、いそいそと石造りの階段を上がっていく。

大学の入学式が終わり、晴れて大学生になったのだが、翌日から新入生オリエンテーションや授業の履修についてのサポートを受けたりしていて、光輝《こうき》に会うのは五日ぶりだ。

家を出るのが遅くなってしまったから、気ばかり急いてしまう。

「はぁ、はぁ」

駆け足で階段を上がった恭成は、呼吸を整えてから一礼し、鳥居を潜った。

「恭成君！」

手水舎に向かおうとしたところで、晃之介《こうのすけ》が声をかけてきた。

振り返ってみると、彼が笑顔で手を振っている。

大学の先輩と後輩になるとわかったことで、彼とは一気に距離が近づき、連絡先の交換もすませていた。

「ちょうどよかった、電話をしようと思っていたんだ」

「電話？　僕にですか？」

権禰宜の装束に身を包んでいる晃之介に、どんな用件なのだろうかと首を傾げつつ歩み寄っていく。

「アルバイト先って、もう決まっちゃった？」

「いえ、まだ時間割を組んでいるところなので、アルバイトどころじゃないんです」

「ああ、そうか……でも、よかった。恭成君のことを父に話したら興味を持ったみたいで、アルバイトならいいんじゃないかって」

晃之介の話を聞いて恭成は目を丸くした。

光輝が思いつきで頼んだことを、晃之介は覚えていてくれたのだ。

それればかりか、彼の父親である〈那波稲荷神社〉の宮司が雇ってくれるなんて、こんな有り難い話はない。

「でも、平日だと短い時間しか働けないだろうし、かえって迷惑になってしまうかも……」

「父もそのへんのことはわかってて、土、日だけ働くのはどうかって」

「えっ？」

「実は、ウチが忙しいのは土曜と日曜なんだよね。土、日なら朝から働けるでしょう？」

「えーっ、それって僕が考えてた条件にぴったりなんですけど」

恭成は思わず声を弾ませていた。

嬉しすぎて小躍りしたいくらいだ。

「そうなの？」

「ええ、土、日にがっつり働けるところがあったらいいなって、そう思ってたんですよ」

不思議そうに見返してきた晃之介に、満面の笑みでうなずいてみせた恭成は、かなり舞い上がっていた。

大学生になったばかりのいまは、右も左もわからない状態にある。

基本は学業が優先だから、授業の時間割が決定するまでは、アルバイトを探すのは無理だと考えていた。

それが、いきなり好条件のアルバイトが見つかったのだから、嬉しくてたまらない。

「じゃあ、父に伝えておくから、今度、来るときに履歴書を持ってきて」

「はい、ありがとうございます」

元気よく返事をして、深々と頭を下げる。

早く光輝に知らせたくて、気持ちが逸った。

「これから光輝さまのところ？」

「ええ」

光輝との関係を隠す必要などない相手だから、素直にうなずき返す。

神さまとの恋愛だけでなく、大学の先輩にあたる晃之介は、これからよい相談相手になってくれそうで、知り合えてよかったと心から思った。

「恭成」

「光輝さん、どうしたんですか？」

まだ参拝をすませていないのに、いきなり姿を見せた光輝を驚きの顔で見つめる。

「晃之介と話をしているおまえが見えたので出てきた」

光輝は嬉しそうな顔をしていた。

きっと彼も、会いたい気持ちを募らせていたのだろう。

同じ思いでいたのが嬉しい。

「光輝さん、聞いてください。ここでアルバイトすることになったんですよ。それも土曜と日曜だけでいいんです」

「ここで？」

「晃之介さんが宮司さんに話をしてくれたんですよ」

事情を説明すると、眉根を寄せていた光輝がふっと表情を和らげた。

「無理そうなことを言っていたのに、わざわざ聞いてくれたのか？」

「恭成君がウチで働くなら、光輝さまも安心かなぁと思って」

「気が利くじゃないか」

晃之介と向かい合った光輝は、いつになく機嫌がよさそうだ。

恭成は大学に通いながらアルバイトをするのだから、会える時間はかぎられてしまう。

けれど、そのアルバイト先が〈那波稲荷神社〉で、週末だけともなると、だいぶ時間に余裕ができる。

会える時間が減ってしまうことを気にしていた光輝にとって、朗報以外のなにものでもないのだ。

「僕は神社でアルバイトをするなんて考えてもいなかったので、光輝さんが提案してくれてよかったです」

「ああ、そうだ……」

恭成と顔を見合わせて微笑んだかと思ったら、光輝がふと思い出したような声をもらして晃之介に視線を向けた。

「どうかしました？」

「もうすぐ仕事も終わるのだろう？」

「ええ」

「あとで紅たちと俺の神殿に来ないか？」

「えっ？」

あまりにも唐突な誘いに、晃之介が目を瞬かせる。

「せっかくだから、みんなで春の湯に浸かろう」

「春の湯？」

「一年に一度、この季節になると池の滝が春の湯に変わるんだ」

「あっ、秋の湯の春仕様ってことですね」

光輝の話を聞いて、晃之介がパッと顔を綻ばせた。

彼らの会話がさっぱり理解できないので、恭成はただきょとんとしていた。

「そういうことだ」

「わかりました。あとで紅さまに話してみますね」

「紅が嫌がったら無理しなくていいぞ」

「嫌がったら暁月《あかつき》君と二人でお邪魔します」

「そうしてくれ」

晃之介とのやり取りを終えた光輝が、黙って見ていた恭成の腰に手を回してくる。

「恭成、行くぞ」

「えっ？　ここから？」

「誰もいないのだから、かまわない」

「あっ……」

光輝が気にするなと笑った瞬間、強い風にさらわれ、神殿に連れて行かれた。

床に足が着くのを感じて目を開ける。

確かに境内に参拝者の姿はなかったけれど、どこかで誰かが見ているともかぎらないというのに、不用心すぎるような気がした。

(でも一瞬のことだから……)

間近にいた人間が忽然と姿を消せば、誰しも驚愕《きょうがく》するだろう。

でも、遠くからだったら、目の錯覚だと思って忘れてしまうかもしれない。

光輝が判断すればいいことだと思い直す。

それよりなにより、春の湯というのが気になってしかたなかった。

「あの……」

「なんだ？」

すでに雅な姿で床に座っている光輝が、興味を募らせている恭成を見上げてくる。

「池って、滝があるあの池のことですか？」

「ああ」

「あそこの水がお湯に変わるんですか？」

「そうだ」

目の前で正座をした恭成に、彼がもちろんと言いたげにうなずいてみせた。

「すごーい」

思わず感嘆の声をもらした。

彼が怪我をしたときに神殿の中を探し回って見つけた、滝のある池の水がとても冷たかったことをよく覚えている。

あの滝から流れ落ちる水が湯に変わるなんて、にわかには信じ難い話だ。

でも、ここは神さまが暮らす神殿なのだから、人間には理解できないことが山ほどある。

いったい、いつになったら光輝と神殿のすべてを知ることができるのだろう。

本当に興味が尽きなかった。

「嬉しそうだな？」

「だって温泉っていうことですよね？　温泉なんてもうずーっと入ってないから楽しみです」

正座をしたまま前のめりではしゃいだ声をあげた恭成を、光輝が愛おしげに見つめてくる。

「おまえは本当に可愛いな」

ズイッと迫ってきた彼に押し倒され、唇を塞がれた。

「んっ……」

いきなりのキスに鼓動が跳ね上がる。

もう数え切れないくらいキスをしているのに、いつもドキドキした。

光輝とキスをするだけで、身体が熱くなってくる。

「あっ……や……」

恭成は咄嗟に顔を背け、光輝の腕を掴む。

彼がデニムパンツ越しに、己に触れてきたのだ。

「気持ちよくしてやるから、おとなしくしていろ」

「でも、紅さんたちが……」

「晃之介の仕事が終わるまで、まだ少しある」

聞く耳を持たない彼に、容易く抵抗を封じられてしまう。

デニムパンツの前を開いた彼が、下着の中に手を入れてきた。

直に己を握られ、ビクッと肩が震える。

「はっ……あぁ……」

彼に触れられたら最後、意思とは裏腹に己はすぐさま反応し、いくらも経たずに頭をもたげるのだ。

「んん……」

抗い難い快感に、身悶えながら溺れていく。

丹念に扱かれた己は、もうすっかり硬くなっている。

「俺にされるのは好きか？」

耳元で囁かれ、コクコクとうなずく。

こんなにも感じてしまうのは、触れているのが光輝だからに他ならない。

「やっ……そこ……」

溢れた蜜を張り詰めた先端に塗り込められ、強烈な痺れに襲われ逃げ腰になる。

「感じているくせに」

逃すものかときつく抱き寄せた彼が、濡れた鈴口を擦り始めた。

投げ出した足先にまで痺れが広がっていく。

「ん……はっ、あああぁ……」

あまりの気持ちよさに、腰が勝手に揺らめいた。

下腹の奥のほうから、馴染みのある感覚が迫《せ》り上がってくる。

己を扱かれ、鈴口を擦られ、達することしか考えられなくなった。

「光輝さん……もっ……」

「堪え性がなさすぎる」

笑いを含んだ甘い声が耳をかすめる。

限界を訴えたのに、彼は己を握る手を緩め、くびれや裏筋を撫で始めた。

「ひっ……」

腰がガクガクと震える。

頂点はすぐそこに見えているのに、中途半端な刺激しか与えてくれず、感じるほどに辛くなる恭成は涙を滲ませた。

「やっ……お願い……」

このままではおかしくなってしまいそうで、光輝の腕に縋《すが》り付く。

「好きなときに達していいぞ」

下着ごとデニムパンツを下ろした彼が、熱く疼く己をすっぽりと咥えた。

裏筋を舐められ、窄めた唇で扱かれ、意識のすべてが己に向かう。

「あっ……く……ふんっ……」

ようやく許しが得られた恭成は、達することだけに集中した。

「ああっ、ああっ」

丁寧な口淫は、とてつもない快感をもたらす。

「やっ……出る……光輝……さん」

ついに我慢の限界を超え、光輝の腕を掴んであごを反らし、思い切り息んだ。

「んっ」

光輝の口に勢いよく精を解き放った恭成は、数拍おいて脱力する。

「はぁ、はぁ……」

「たっぷり出たな。この五日、自分でせずにいたのか？」

手の甲で口元を無造作に拭った光輝が、放心している恭成の瞳を覗き込んできた。

「もう……そんなこと訊かないでください」

図星を指された恥ずかしさから、ぷいっとそっぽを向く。

すでに火照っている顔がさらに熱くなった。

「否定をしないのは、そういうことなんだな。もしかして、俺にしてもらったほうが気持ちいいからか？」

背けた顔をあごに手を添えて正面に戻した彼が、真顔で見つめてくる。

他に理由がない恭成は、小さくうなずいた。

「いい子だ」

「きつねさーん」

光輝がキスをしようと顔を近づけてきたところで可愛らしい声が響き、ガバッと起き上がった恭成はあたふたと服の乱れを整える。

「少し早く来すぎたようだな」

「いや、べつに……」

笑いを含んだ声で紅に言われた光輝が、言い返すのではなく言い淀んだ。

さすがに彼もばつが悪いのだろう。

彼以上に気まずい思いをしている恭成は、顔を上げることすらできない。

「邪魔するつもりはないぞ」

「うるさい、湯浴みに行くぞ」

紅の口調にからかいは感じられなかったけれど、光輝は不機嫌そうに言い放って勢いよく腰を上げた。

「さあ」

彼に促され、恭成は項垂れたまま立ち上がる。

おとなしく紅たちが来るのを待っていればよかったと、いまさらながらに後悔した。

とはいえ、いつまでもうだうだしていてはいけない。

自らに強く言い聞かせて顔を上げ、光輝と並んで廊下を歩く。

「みんなでちゃぷちゃぷするのー？」

「ああ、温かくて気持ちがいいぞ」

「あれなーにー？」

後ろで大きな声をあげた暁月を光輝が振り返り、恭成もさりげなく視線を向けた。

「あれは滝だ。あそこから湯が流れ落ちている」

「たきー」

光輝に教えられた暁月が、紅と繋いでいた手を離して走り出す。

「暁月君、急に走ったりしたら転ぶよ」

晃之介の注意も虚しく、足を滑らせた暁月が見事にすってんころりんと転んだ。

「あっ！」

その瞬間を目にした誰もが一斉に声をあげ、暁月に駆け寄っていく。

「だから言ったんだ。怪我はないか？」

「だいじょうぶー」

紅に起こしてもらった暁月は、痛がって泣くどころかニコニコしている。

派手に転んだわりには、怪我もなくすんだのは幸いだった。

恥ずかしい場面を見られて気落ちしていたけれど、元気で明るい暁月が一緒にいれば普段どおりに振る舞えそうで、恭成は胸を撫で下ろす。

「たーき、たーき」

暁月は逸る気持ちが抑えられないのか、滝が見えるとまた駆け出した。

真っ先に庭園に足を踏み入れた彼が、トコトコと池に近づいていく。

「暁月、まず服を脱がないとダメだ」

「あーい」

そのまま池に入ろうとしていた暁月が、紅に言われるや否やその場で服をぽいぽいと脱ぎ捨てていった。

その後ろで、光輝ばかりか紅までもが、なんの躊躇いもなく雅な衣裳を脱いでいく。

瞬く間に全裸になり、目のやり場に困った恭成は、同じく困惑している晃之介と顔を見合わせる。

みんなで風呂に入るだけのことなのだが、どうにも恥ずかしくてたまらない。

「さあ、入ろう」

素っ裸で振り返ってきた光輝を、恭成は黙って見つめる。

「どうした？」

「いえ……あの……」

光輝に訝しげな顔をされ、言い淀んだ恭成は晃之介に救いを求めた。

けれど、どうしようと言いたげな視線を逆に向けられてしまう。

「二人ともなにを恥ずかしがっているんだ？」

紅までが素っ裸でこちらを向く。

逃げ出したいくらいの恥ずかしさだったけれど、そうもいかない。

こうなったら、さっさと裸になって湯に浸《つ》かってしまえばいい。

覚悟を決めた恭成が服を脱ぎ始めると、思いを理解したかのように晃之介もシャツのボタンを外し始めた。

「おとーたま、あったかーい」

池の縁に座った暁月が、バシャバシャと湯に足先を叩きつけている。

紅と光輝が暁月に気を取られているいまがチャンスだ。

「お先に失礼します」

「お……お先に……」

裸になった恭成と晃之介は、光輝たちに声をかけて湯に浸かる。

掛け湯をし忘れてしまったけれど、そのまま湯に入ってきた光輝と紅を目にし、まあいいかと思い直した。

裸になっても光輝には狐の耳と尾があり、紅の背には大きな翼がある。

ここは神さまが暮らす神殿であり、人間の常識など気にする必要はないのだ。

「きもちいいねー」

暁月は池の縁に座ったままで、足をパタパタやっている。

足先で叩くたびに跳ねる湯が楽しいのだろう。

「いい湯だな」

暁月を眺めつつ、紅が気持ちよさそうにつぶやいた。

そういえば、あまり彼と言葉を交わしたことがない。

せっかくの機会なのだからと、恭成は湯に浸かったまま身体の向きを変える。

「紅さんの神殿では、秋に湯が出るそうですね？」

「ああ、だが秋の湯は滝から流れ落ちるのではなく、池の底から湧き出るんだ」

「そうなんですね。晃之介さんは入ったことあるんですか？」

なるほどとうなずき、紅と肩を並べて湯に浸かっている晃之介に声をかけた。

「あるよ」

「いいなぁ……」

笑顔であっさりと答えた晃之介を、恭成は羨ましそうに見る。

「次はおまえたちが俺の神殿に来ればいい」

「いいんですか？」

思いがけない紅の言葉に、大きく目を瞠った。

まさか彼が誘ってくれるとは思ってもいなかったから、本当に驚いてしまったのだ。

「一年に一度の貴重な湯なのだから、みんなで楽しんだほうがいいだろう」

「ありがとうございます」

素直に礼を言ったそのとき、ばっしゃーんと派手な音が響いて湯が大きく波打つ。

なにごとかと思って目を向けてみると、池の中央あたりで暁月がぶくぶくと沈んでいくのが見えた。

「暁月！」

叫んだ光輝が、勢いをつけて頭から湯に潜《もぐ》る。

溺れた暁月を助けにいったのだろう。

でも、父親である紅はなぜか平然としていた。

「えっ？　光輝さん？」

半分ほど湯から出ていた足と尾が、みるみるうちに湯に消えていく。

それればかりか、透明な湯に潜った彼の姿が、ふとした瞬間に消えた。

「ここってそんな深いの？」

恭成はにわかに不安が募る。

池の深さは光輝の身長以上あるということだ。

暁月はどこまで沈んでしまったのだろうか。

心配でしかたなく、息を呑んで池の中央を見つめる。

「ぷはーっ」

間もなくして、暁月を抱えた光輝が湯から顔を出した。

「暁月、苦しくないか？」

「ひゃひゃっ」

光輝の心配をよそに、暁月は楽しそうな声をあげている。

無事でよかったと安堵する恭成の横で、紅がおかしそうに笑った。

「光輝、心配しなくても暁月は泳げるから大丈夫だ」

こともなげに言ってのけた紅が、暁月に向けて両手を伸ばす。

すると、光輝の手から離れた暁月が、パチャパチャと手足を動かしながら紅のもとまで泳いでいった。

「はぁ？　それなら先に言えよ」

湯から上がって池の縁に座った光輝は、怒りも露わに紅を睨みつけながら、盛大な身震いをする。

ずぶ濡れの長い髪、耳、尾から、大量の飛沫《しぶき》が飛び散った。

「おまえが勝手に暁月を助けに行ったんだろ」

「その言い草はなんだ」

笑っている紅を、光輝が怒鳴りつける。

本気で暁月が溺れたと思い、反射的に助けに行ったであろう彼にしてみれば、紅の態度に納得できるわけがない。

とはいえ、幼い子供の前で喧嘩をするのも大人げなく感じた。

「光輝さん」

「紅さま」

晃之介と声が重なり、彼も同じ考えのようだと察する。

「せっかく春の湯を楽しんでいるんですから、紅さんと仲よくしてください」

「そうですよ。ここで言い合うなんて、二人とも大人げないですよ」

恭成と晃之介が窘めると、光輝も紅も珍しく神妙な面持ちになった。

「ああ、すまなかった」

「悪かった」

素直に詫びた二人が、顔を見合わせて苦笑いを浮かべる。

喧嘩をするほど仲がいいとも言うし、根っから啀《いが》み合っているわけではないとわかるから、深刻になる必要はなさそうだ。

「暁月君、顔が赤くない？」

「のぼせたのかもしれない」

晃之介に指摘された紅が、湯に浸かっている暁月の顔を覗き込む。

「もう上がりますか？」

「そうだな。すまない、俺たちは先に上がらせてもらう」

暁月を抱っこして紅が湯から上がり、晃之介もあとに続く。

「世話になったな」

「ありがとうございました」

「ばいばーい」

最後に聞こえた暁月の可愛い声に振り返ったときには、もう三人の姿は跡形もなく消えていて、脱ぎ捨ててあった衣裳や服までなくなっていた。

「ふぅ……」

恭成は池の縁に頭を預け、大きく息を吐き出す。

「どうした？」

「さすがに身体が火照ってきました」

「いつまでも肩まで湯に浸かっているからだ」

「だって……」

光輝に笑われ、つい頬を膨らませてしまう。

裸を隠すには湯に浸かっているしかないのだからしかたがない。

「紅たちがいて恥ずかしかったのか？」

「まぁ……」

いまさら否定をしてもしようがないと、軽く肩をすくめる。

「そろそろ上がるか」

そう言った光輝が腰に手を回してきた瞬間、湯が激しく波立った。

声をあげる間もなく目眩に襲われる。

「恭成……」

名を呼ばれて目を開けると、天蓋と赤い垂れ幕が見えた。

庭園の池からベッドに移動したようだ。

ひんやりとした布団の感覚が火照る身体に心地よかったけれど、びしょ濡れの光輝に気づいてパッと飛び起きる。

「光輝さん、布団が……」

「そんなことは気にしなくていい」

柔らかに笑った彼が唇を重ねてきた。

「んっ……」

光輝はこの神殿の主だ。

彼が気にしなくていいと言うのであれば、それに従うだけのこと。

きっと、特別な力を持つ彼には、布団を乾かすことなど容易いのだ。

広い背に両手を回し、濡れた長い尾とともに抱きしめた恭成は、大好きな光輝の唇をいつまでも貪っていた。

あとがき

みなさまこんにちは、伊郷《いごう》ルウです。このたびは『お稲荷さまはナイショの恋人』を手に取ってくださり、誠にありがとうございます。

本作は既刊『八咫鴉さまと幸せ子育て暮らし』のスピンオフとなります。

既刊に登場した光輝はちょっと悪ぶったお稲荷さまでしたが、今回は甘々キャラに大変身です。恋をすると人（光輝は神さまだけど……）はこうも変わるのかという見本のような作品になりました。賑やかで楽しい〈那波稲荷神社〉の物語を、楽しんで頂けたら幸いです。

最後になりましたが、前作に続きイラストを描いてくださった、すがはら竜《りゅう》先生に心よりの御礼を申し上げます。お忙しい中、素敵なイラストの数々を本当にありがとうございました。

二〇二一年　秋

伊郷ルウ

カクテルキス文庫

Cocktail Kiss Label

好評発売中！！

◆葉居ゆゆ

青の王と花ひらくオメガ　笹原亜美 画　本体755円+税

◆伊郷ルウ

天狐は花嫁を愛でる　明神 翼 画　本体639円+税

赤ちゃん狼が縁結び　小路龍流 画　本体685円+税

異世界で癒やしの神さまと熱愛　えとう綺羅 画　本体685円+税

熱砂の王子と白無垢の花嫁　えとう綺羅 画　本体685円+税

花嫁は豪華客船で熱砂の国へ　水綺鏡夜 画　本体685円+税

八咫鴉さまと幸せ子育て暮らし　すがはら竜 画　本体755円+税

虎の王様から求婚されました　古澤エノ 画　本体755円+税

◆上原ありあ

囚われた砂の天使　有馬かつみ 画　本体639円+税

◆海野幸

ウサ耳オメガは素直になれない　小椋ムク 画　本体755円+税

◆えすみ梨奈

天才ヴァイオリニストに見初められちゃいましたっ！　立石 涼 画　本体685円+税

◆栗城 偲

嘘の欠片　一夜人見 画　本体755円+税

◆高岡ミズミ

恋のためらい愛の罪　蓮川 愛 画　本体632円+税

今宵、神様に嫁ぎます。～花嫁は強引に愛されて～　緒田涼歌 画　本体573円+税

恋のしずくと愛の蜜　蓮川 愛 画　本体639円+税

竜神様と僕とモモ～ほんわか子育て溺愛生活♥～　タカツキノボル 画　本体639円+税

情熱のかけら　えとう綺羅 画　本体685円+税

月と媚薬　立石 涼 画　本体685円+税

溺れるまなざし　やすだしのぐ 画　本体685円+税

オメガの純情～砂漠の王子と奇跡の子～　小山田あみ 画　本体755円+税

不器用な唇 First love　金ひかる 画　本体760円+税

不器用な唇 Sweet days　金ひかる 画　本体760円+税

◆橘かおる

神獣の寵愛～白銀と漆黒の狼～　明神 翼 画　本体573円+税

神獣の溺愛～狼たちのまどろみ～　明神 翼 画　本体630円+税

黒竜の花嫁～異世界で王太子サマに寵愛されてます～　稲荷家房之介 画　本体639円+税

神の花嫁　タカツキノボル 画　本体648円+税

レッドカーペットの煌星　明神 翼 画　本体685円+税

その唇に誓いの言葉を　実相寺紫子 画　本体685円+税

神主サマはスパダリでした　タカツキノボル 画　本体685円+税

黒竜の寵愛～異世界で王太子サマと新婚生活～　稲荷家房之介 画　本体605円+税

神様のお嫁様　タカツキノボル 画　本体685円+税

王宮騎士の溺愛　タカツキノボル 画　本体685円+税

妖精王と麗しの花嫁　香坂あきほ 画　本体685円+税

いつわりの甘い囁き　すがはら竜 画　本体755円+税

ツンデレ猫は、オレ様社長に溺愛される　香坂あきほ 画　本体755円+税

Cocktail Kiss Label

カクテルキス文庫をお買い上げいただきありがとうございます。
先生方へのファンレター、ご感想は
カクテルキス文庫編集部へお送りください。

〒102-0073　東京都千代田区九段北3-2-5 5F
株式会社Jパブリッシング　カクテルキス文庫編集部
「伊郷ルウ先生」係 ／「すがはら竜先生」係

◆カクテルキス文庫HP◆ https://www.j-publishing.co.jp/cocktailkiss/

お稲荷さまはナイショの恋人

2021年9月30日　初版発行

著　者　伊郷ルウ
©Ruh Igoh

発行人　神永泰宏

発行所　株式会社Jパブリッシング
〒102-0073　東京都千代田区九段北3-2-5 5F
TEL　03-3288-7907
FAX　03-3288-7880

印刷所　中央精版印刷株式会社

ISBN978-4-86669-432-0　Printed in JAPAN